国际与法定节日篇

广西美术出版社

目录

Contents

Part1 学习篇

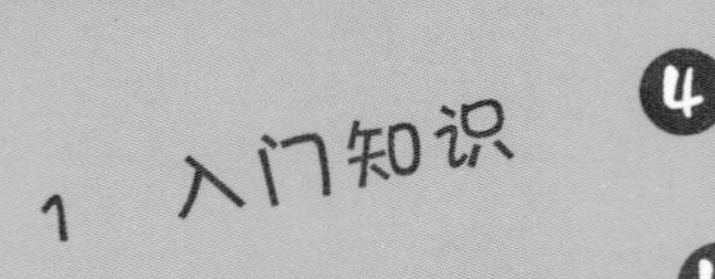

Part2 实战篇

Part1 学习篇

1 入门知识

一、什么是POP广告？

POP广告是多种商业广告形式中的一种，英文全称为Point of Purchase Advertisement，Point意为“点”，Purchase 意为“购买”，即“购买点广告”，这里的“点”，既指时间概念上的点，又指空间上的点。因此，POP 广告具体就是指在一定的时间和有效的空间位置上，为宣传商品，吸引顾客、引导顾客了解商品内容或商业性事件，从而诱导顾客产生参与的动机及购买欲望的商业广告。

例如，在商业空间、购买场所、零售商店的周围、内部以及在商品陈设的地方所设置的广告物，包括：商店的牌匾，店面的橱窗，店外悬挂的充气广告、条幅；商店内部的装饰、陈设、招贴广告、服务指示，店内发放的广告刊物，进行的广告表演，以及广播、录像、电子广告牌广告等这些都属于广义的POP广告。从狭义来理解，POP广告仅指在购买场所和零售店内部设置的展销专柜以及在商品周围悬挂、摆放与陈设的可以促进商品销售的广告媒体，包括吊牌、海报、小贴纸、旗帜等。（图1）

图1

二、POP广告有哪些种类?

POP广告的主要商业用途是刺激引导消费和活跃卖场气氛，一般应用于超市卖场及各类零售终端专卖店居多，它的种类繁多，分类方法也不同。

如果从使用功能上分类有：

店头 POP 广告：置于店头的 POP 广告，一般用来向顾客介绍商店名称和即时主打产品，如看板、站立广告牌、实物大样本等。（图2）

图2

垂吊 POP广告：一般用来营造购物环境或节日气氛，如广告旗帜、吊牌广告物等。（图3）

图3

地面 POP 广告：从店头到店内的地面上放置的 POP 广告牌，具有商品展示与销售功能。（图4）

图4

柜台 POP 广告：是放在柜台上的小型POP，主要介绍产品的价格、产地、等级等信息，如展示架、价目卡等。展示架上通常都要陈列少量的商品。值得注意的是，展示架因为是放在柜台上，放商品的目的在于说明，所以展架上放的商品一般都是体积比较小的商品，且数量较少。适合展示架展示的商品有珠宝首饰、药品、手表、钢笔等。（图5）

图5

壁面 POP 广告：附在墙壁上活动的隔断、柜台和货架的立面、柱头的表面、门窗的玻璃上等的 POP 广告。主要用来宣传商品形象、店内销售信息，如海报板、告示牌、装饰等。（图6）

图6

陈列架 POP 广告：附在商品陈列架上的小型 POP，传达产品相关信息、材料和使用方法等，如展示卡等。（图7）

按广告的内容来分有：商业POP广告和校园POP广告。按制作手段来分又有：印刷类POP广告和手绘POP广告。（图8）

图7

图8

三、POP广告的过去、现在与未来的趋势

POP广告起源于美国的超级市场和自助商店里的店头广告。1939年，美国POP广告协会正式成立后，自此POP广告获得正式的地位。20世纪30年代以后，POP广告在超级市场、连锁店等自助式商店频繁出现，于是逐渐为商界所重视。60年代以后，超级市场这种自助式销售方式由美国逐渐扩展到世界各地，所以POP广告也随之走向世界各地。

就其宣传形式来看，早在我国古代，就已经出现POP广告的雏形。例如，酒店外面挂的酒葫芦、酒旗，饭店外面挂的幌子（图9），客栈外面悬挂的幡帜，或者药店门口挂的药葫芦、膏药等，以及逢年过节和遇有喜庆之事的张灯结彩等。

图9

POP广告在20世纪七八十年代流传到我国，到90年代由于受欧美及日韩地区的店头展示的行销观的影响，中国大中型城市的各种卖场、店面上出现大量以纸张绘图告知消费者信息的海报，形成一波流行POP广告的潮流，大量的图案及素材活泼地呈现在海报纸上，色彩丰富，吸引人的目光。而除了在商业上应用之外，校园内也逐潮流行起海报绘制的工作，举凡社团活动、学会宣传、校际活动，无不利用最简单的工具来绘制出五光十色的海报。近年来，随着社会经济的迅速增长， POP广告的形式不断推陈出新，POP广告文化也日趋丰富。

目前，商家已充分认识到POP广告在产品零售终端举足轻重的促销作用。在竞争激烈的市场里，他们绞尽脑汁，不断改进。为了有效地配合促销活动，在短期内形成一个强劲的销售气氛，POP广告现在已从单一向系列化发展，多种类型的系列POP广告媒介同时使用，可以使营业额急速升高。此外，声、光、电、激光、电脑、自动控制等技术与POP广告的结合，产生出一批全新的POP广告形式，虽然成本较高，但是却能迅速吸引消费者注意力，大大提升促销效果。以手绘的办法来制作POP广告，它以方便快捷、价格低廉和极具亲和力的特点，成为各大超级市场的首选促销形式。

四、POP广告的五大功能

1.告知产品信息和卖场指示的功能。通常POP广告，都有新产品的告知、宣传作用，此外还能起到商品及贩卖场所的指示、标志等功能。当新产品出售之时，配合其他大众宣传媒体，在销售场所使用POP广告进行促销活动，可以吸引消费者视线，刺激其购买欲望。

2.唤起消费者潜在购买意识。尽管各厂商已经利用各种大众传播媒体，对于本企业或本产品进行了广泛的宣传，但是有时当消费者步入商店时，已经将其他的大众传播媒体的广告内容遗忘，此刻利用POP广告在现场展示，可以促进对商品的注目与理解，唤起消费者的潜在意识，重新忆起商品，促成购买行动。

3.取代售货员的功能。POP广告有“无声的售货员”和“最忠实的推销员”的美名。POP广告经常使用的环境是超市，而超市中是自选购买方式。在超市中，当消费者面对诸多商品而无从下手时，摆放在商品周围的POP广告，忠实地、不断地向消费者提供商品信息，可以使消费者了解商品的使用方法，开发需要性；在特卖期间夸张式的价格表现，还能传达物美价廉的诉求，促成行动购买。

4.营造销售气氛。利用POP广告强烈的色彩、美丽的图案、突出的造型、幽默的动作、准确而生动的广告语言，再配合SP（店面促销）活动，在商品示范或演出期间使用，能增加演出的效果与气氛，塑造出购物的气氛。特别是在节日来临之际，针对性的富有创意的POP广告更能渲染出特定节日的购物气氛，促进关联产品的销售。

5.提升企业形象。优秀的POP广告同其他广告一样，在销售环境中可以起到树立和提升企业形象，进而保持与消费者的良好关系的作用。

五、制作手绘POP广告的基本原则

与一般的广告相比，POP广告的特点主要体现在它的展示陈列方式多样、时效性强、制作速度快、造价比较低廉、极富亲和力的画面效果等方面。它的制作方式、方法繁多，材料种类应用很多，其中以手绘POP最具机动性、经济性及亲和力，它的制作基本原则为：

1.单纯：在视觉传达上要单纯、简洁，使消费者一目了然，了解内容的说明。

2.注目：在内容表现上，要能瞬间刺激消费者，达到注意的目的。

3.焦点： 能在消费者注意的一刹那之间，继续诱导至画面的重点。

4.循序： 也就是诱导的效果，能在画面上引起注意，产生焦点并循序吸引目光，达成传播目的。

5.关联： 也就是统整画面，POP内容应彼此关联，产生群化，达成统一。

6.高效率：在超市卖场中，各种促销信息需要及时、灵活地更换，因此，手绘POP的美工人员需熟练掌握其绘写技巧，才能提高促销效率。

六、手绘POP广告的构成要素（图10）

1.插图：手绘、图片、拼贴、半立体。

2.装饰图形：边框等。

3.文字：标题——主标题、副标题，说明——广告诉求内容，公司名称——广告主名称或卖场名称，其他——价目等。

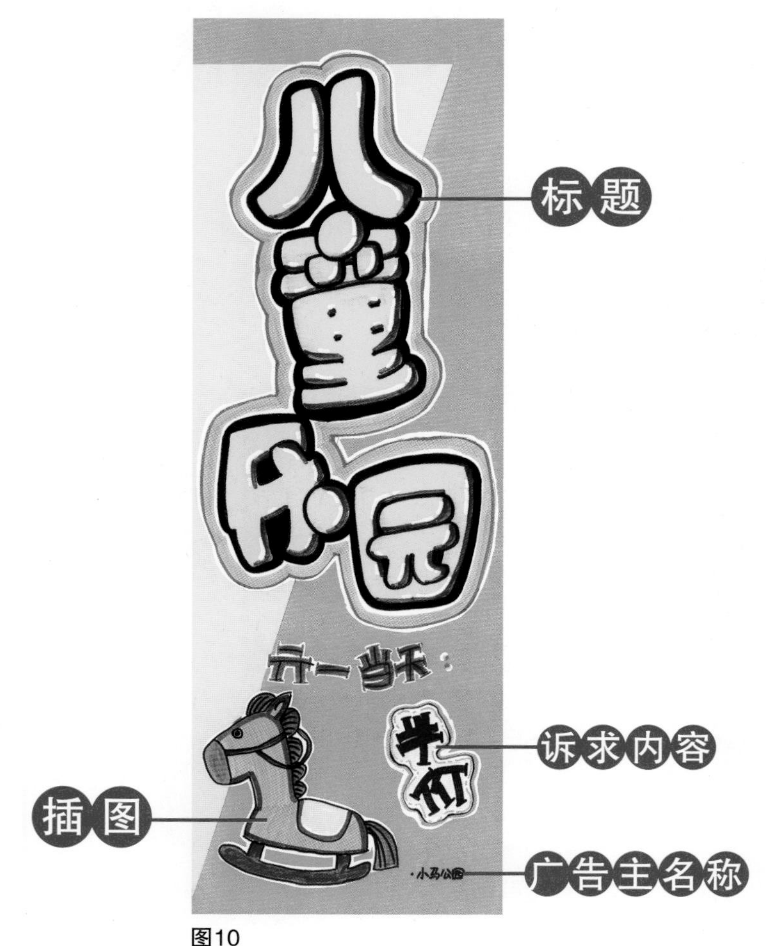

图10

七、手绘POP广告的制作工具

制作手绘POP广告，工具的选择与应用非常重要，选择良好适合的工具，往往有事半功倍的效果。用来描绘或书写的材料工具种类繁多，而每一种各有其独特的表现技法及效果。

各种笔具：麦克笔、毛笔、平头笔、彩色铅笔、铅笔、勾线笔

裁剪工具：剪刀、美工刀

测量工具：尺子、三角板

粘贴工具：固体胶、胶水、喷胶、透明胶

颜料：水粉颜料、水彩颜料

纸张：各种艺术纸张

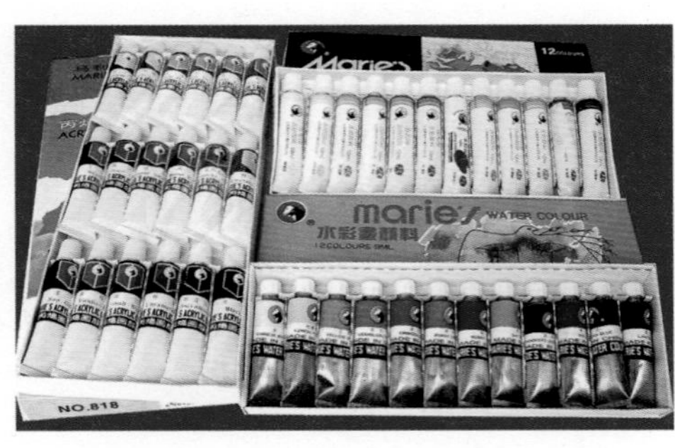

八、手绘POP广告制作步骤

白色纸底POP手绘海报制作步骤：

1.首先针对主题设计出版式，确定标题、插图、说明文字的位置，用铅笔画好草稿。

2.绘写标题字、说明文字。

3.对已画好的插图或文字作进一步修饰。

①

②

③

九、荧光板

又叫荧光广告板、电子荧光板、LED荧光板和手写荧光板。

在酒吧、宾馆、餐厅、花店、咖啡厅、超市、商场、办公室等场所都常常能看到这种文字发光，色彩绚丽，有如霓虹灯效果。光彩夺目的手写荧光板比起普通的纸质手绘POP广告要漂亮得多。它和普通手绘POP本质上是一样的，也是需要自己用笔来画和写出你想要的广告信息。它与普通手绘POP最大的不同就是绘画的材料不一样，普通手绘POP一般是画在纸上，而荧光板是画在玻璃板上。还有一个明显的不同就是底色，普通手绘POP的底色一般为白色，而荧光板为黑色，这也正是购买的专用POP荧光笔里没有黑色的原因，所以需要注意的是很多普通手绘POP里需要用黑色来表现的元素和信息，在荧光板POP里就需要用别的颜色来代替了。

荧光板POP的特点：

随写随改：充分发挥创造性，手写形式多样，随意中体现出别致，刻意营造不同的气氛。

反复使用：它具有可反复多次使用功能，更换广告内容时将表面的图文擦掉即可重新书写。

荧光效果：利用荧光笔书写即可让图文发出绚丽的光彩；可调节多种闪光效果（七彩荧光板）。

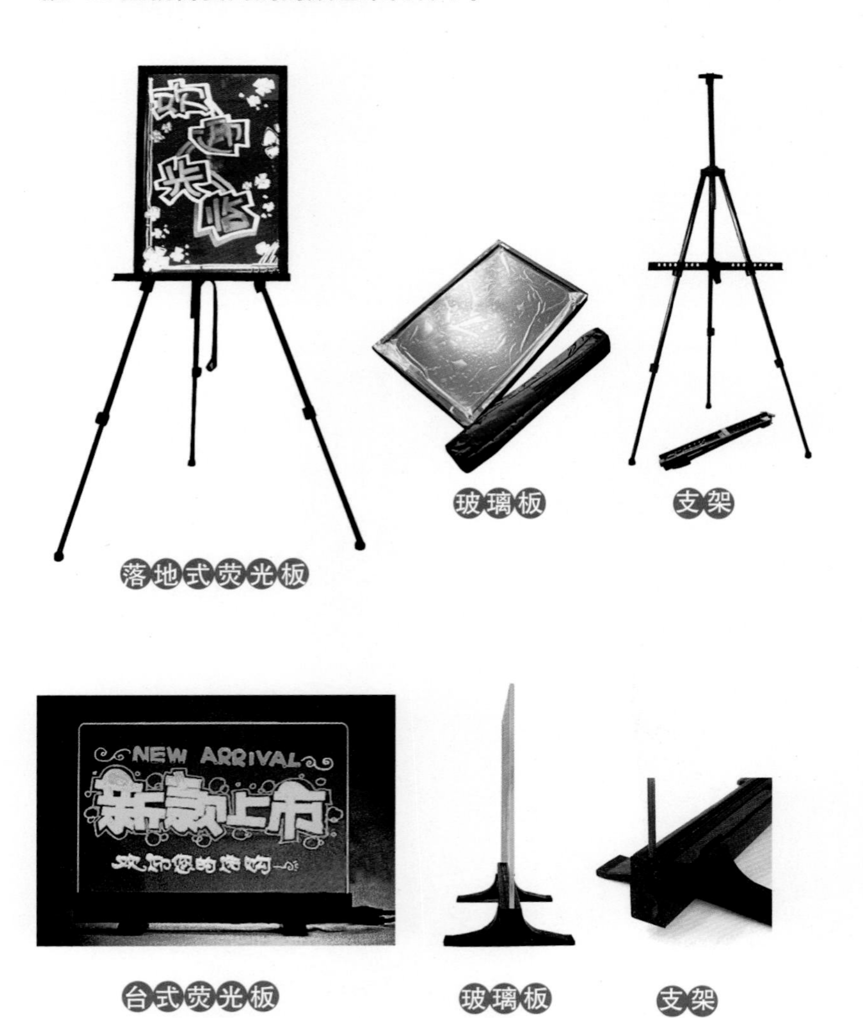

落地式荧光板

玻璃板

支架

台式荧光板

玻璃板

支架

荧光笔

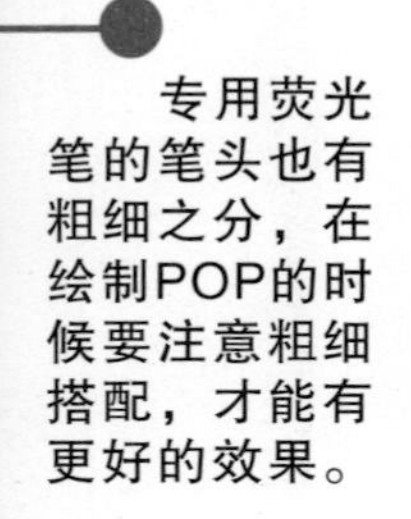

因为荧光板的底色为黑色，所以专用荧光笔里配有的是白色荧光笔，这里就要注意白色荧光笔的使用。

专用荧光笔的笔头也有粗细之分，在绘制POP的时候要注意粗细搭配，才能有更好的效果。

荧光板POP效果

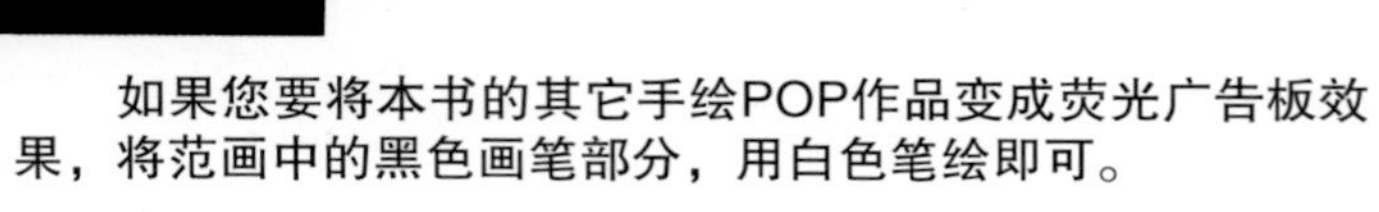
如果您要将本书的其它手绘POP作品变成荧光广告板效果，将范画中的黑色画笔部分，用白色笔绘即可。

2 技法分析·插图

插图是为了强调、宣传文章或营造某种视觉效果，进而将文字内容作视觉化的造型表现。凡是这类具有图解内文、装饰文案及补充文章作用的绘画、图片、图表等视觉造型符号均可谓之“插画”。

同样，插图在手绘POP的画面中扮演着十分重要的角色。它主要有强调作品诉求主题、营造所需气氛并有指示、解说、装饰、美化及吸引读者等的作用。

若要画好手绘POP的插图，首先要具备一定的造型能力，能够运用线条将脑海中的形象绘制出来，这就需要平时的勤学苦练。其次，要熟悉工具，充分了解工具的特性，熟练掌握其表现技巧。当你具有了一定的造型能力且熟练掌握了工具后，接着便可以大显身手了。但是，无论什么内容的POP插图都要能表达主题、生动自然，做到图文并重。同时还应该考虑成本、时间和能否大量复制等问题，一定要在成本和时间所允许的范围内去选择插画的表现方式与材料的使用，否则就会事倍功半。最后，POP插图的表现效果有无限的可能，设计师要具备一颗敞开且敢于尝试和探索的心，这样才能创造生动及有个性的造型。

一、马克笔表现技法

1. 特点：马克笔色彩丰富、透明度好，通过笔触间的叠加可产生丰富的色彩变化，但不宜重复过多，否则将产生“脏”“灰”等缺点。它的笔头较宽，笔尖可画细线，横画可画粗线，笔触清晰；用法类似美工笔，可通过线面结合来达到理想的绘画效果。马克笔的种类主要有水溶性马克笔、油性马克笔和酒精性马克笔。

水性马克笔颜色亮丽，具透明感，覆盖力差，遇水会晕开，但价格较实惠，初学者可以先用水性的来练习。

油性马克笔色彩饱满、厚重，快干、耐水、耐光性好，深颜色可以直接覆盖浅颜色，其墨水带有刺激性气味，价格适中。

酒精性马克笔色彩鲜亮、透明；防水性好，耐磨性好。目前市面上较好的有两种：美国产的酒精性的马克笔质量不错，颜色纯度高，但是价格偏贵。韩国产的有大小两头，水量饱满，颜色未干时叠加，颜色会自然融合衔接，有水彩的效果。

2. 基础技法

（1）并置法：运用马克笔并列排出线条。

（2）重叠法：运用马克笔组合同类色色彩，排出线条。

（3）叠彩法：运用马克笔组合不同的色彩，达到色彩变化，排出线条。

（4）勾线法：运用马克笔勾画出图形的边框，图形内部则用装饰线条来丰富，这样可以塑造出轻松随意的插图效果。

3. 绘制步骤

可以先上色再勾线，也可以先勾线再上色；着色顺序先浅后深。力求笔画轻松，用笔大气，笔触明显，线条干脆利落，切忌用笔琐碎、凌乱。

马克笔与彩色铅笔结合，可以将彩铅的细致着色与马克笔的粗犷笔风相结合，增强画面的立体效果。

二、彩色铅笔表现手法

1. 特点：携带方便，色彩丰富，但较轻薄，用笔轻快，线条感强；不宜大面积单色使用，否则画面会显得呆板、平淡。

彩铅分为水溶性与蜡质两种。其中，水溶性彩铅较常用，它具有溶于水的特点，与水混合具有浸润感，也可用手指擦抹出柔和的效果。

2. 基础技法

（1）平涂排线法

运用彩色铅笔均匀排列出铅笔线条，达到色彩一致的效果。

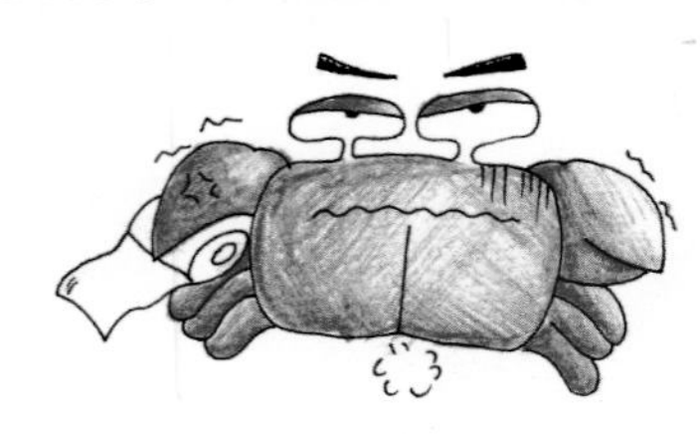

（2）叠彩法

运用彩色铅笔排列出不同色彩的铅笔线条，色彩可重叠使用，变化较丰富。

（3）水溶退晕法

利用水溶性彩铅溶于水的特点，将彩铅线条与水融合，达到退晕的效果。

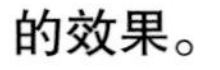

3. 绘制步骤

在实际绘制过程中，彩色铅笔往往与其他工具配合使用，如与轮廓线条结合，利用勾线笔勾画空间轮廓、物体轮廓，运用彩色铅笔着色；与马克笔结合，运用马克笔铺设画面大色调，再用彩铅叠彩法深入刻画；与水彩结合，体现色彩退晕效果等。 绘制时注重虚实关系的处理和线条美感的体现。

三、水彩表现技法

1. 特点：水彩具有透明性好、色彩淡雅细腻、色调明快的特点。水彩技法着色一般由浅到深，亮部和高光需预先留出，绘制时要注意笔端含水量的控制。水分太多，会使画面水迹斑驳，色彩灰色；水分太少，色彩枯涩，透明感降低，影响画面清晰、明快的感觉。

2. 基本技法

（1）平涂法：调配同种色水彩颜料，大面积均匀着色的技法。要点：注意水分的控制，运笔速度快慢一致，用力均匀。

（2）叠加法：在平涂的基础上按照明暗光影的变化规律，重叠不同种类色彩的技法。要点：水彩的叠加要待前一遍颜色干透再叠加上去。

（3）退晕法：通过在水彩颜料调配时对水分的控制，达到色彩渐变效果的技法。要点：体现出色彩的渐变层次，不留下明显的笔痕。

3. 绘制方法

要充分发挥水彩透明、淡雅的特点，使画面润泽而有生气。上色水彩画在作图过程中必须注意控制好物体的边界线，不能让颜色出界，以免影响形体结构。留白的地方先计划好，按照由浅入深、由薄到厚的方法上色，先湿画后干画，先虚后实，始终保持画面的清洁。色彩重叠的次数不要过多，否则色彩将失去透明感和润泽感而变得模糊不清。

四、插图范例

母亲节

“3・15”消费者权益日

儿童节

元宵节

建军节

感恩节

劳动节

春节

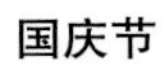

国庆节

清明节

五四青年节

情人节

圣诞节

教师节

中秋节

重阳节

万圣节

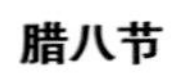
腊八节

愚人节

元旦

端午节

父亲节

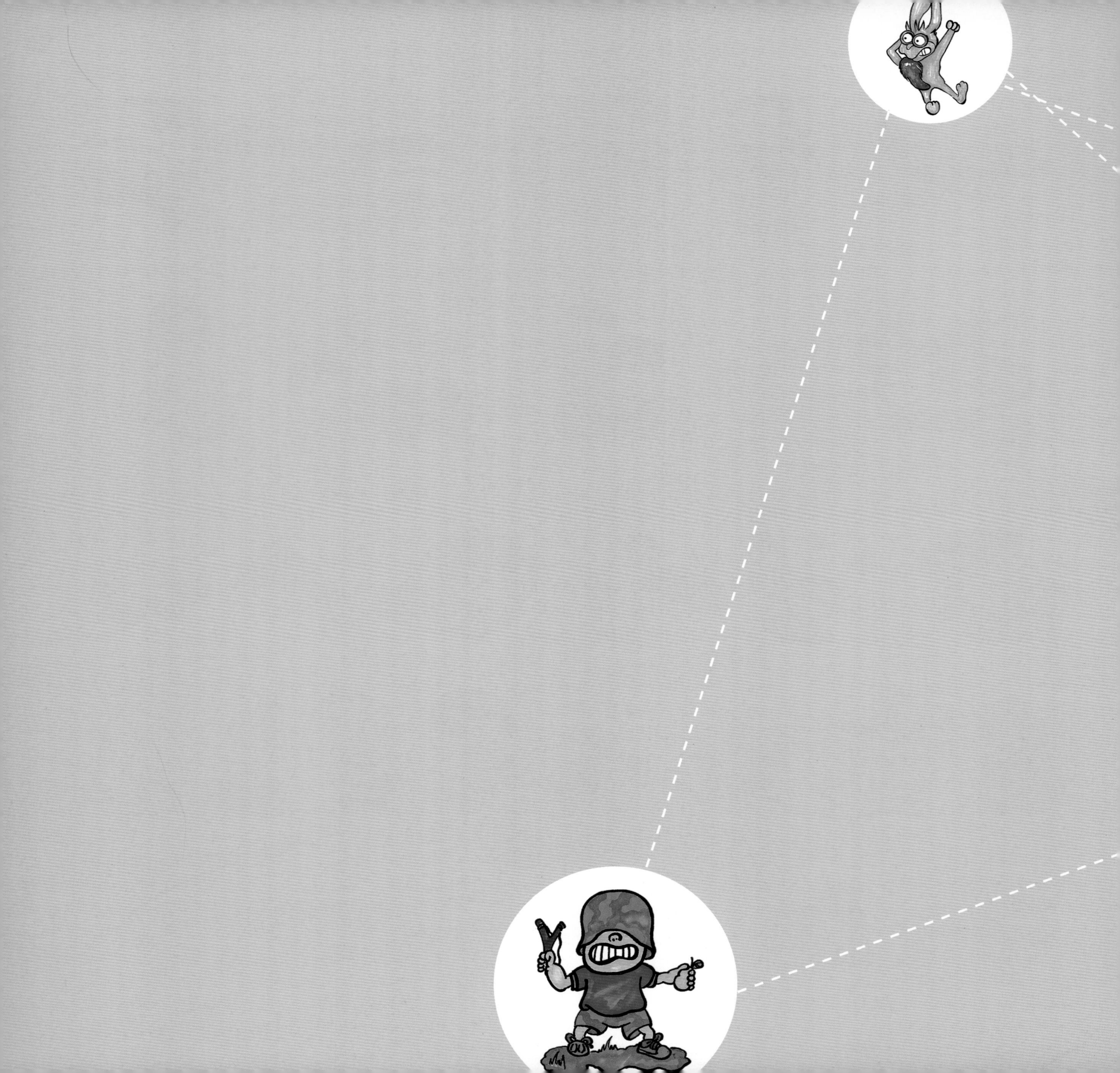

Part2 实战篇

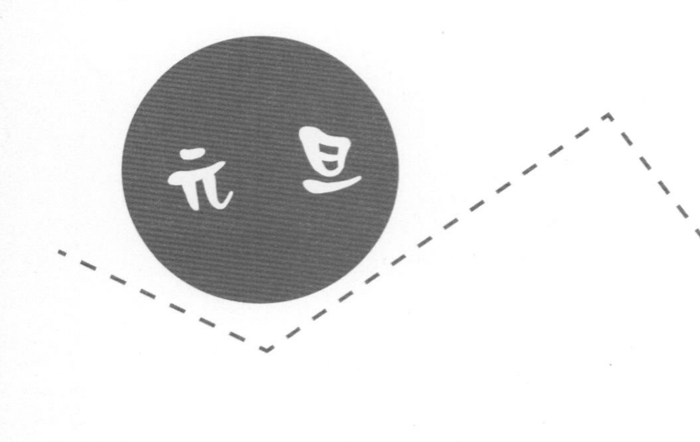

【元旦简介】

在我国每年的1月1日为元旦，是新年的开始。“元旦”是合成词，按单个字来讲，“元”是第一或开始的意思，“旦”字的原意是天亮或早晨。但是，我国古人说的元旦，却并不是公历的1月1日，而是正月初一，又称元日。中国历史上的年号并不是公元纪年，而是每个皇帝每个朝代都有单独的纪年，是阴历纪年。现行的公元纪年，是西方历法的体现，是以基督诞生为公元1年。中国只是到了中华民国以后才逐渐改用公元纪年。因此，中国农历的正月初一即春节比公历的元旦更有节日气氛。现在，世界上大多数国家把每年1月1日作为元旦，因为他们多采用了国际通行的公历。但也有一些国家和民族由于本地的历法传统及宗教信仰、风俗习惯、季节气候的不同，因而他们的元旦日期也不一样，这也使得这个世界多姿多彩，更显民族的特色。

【各国元旦习俗】

中国——休假、庆祝、聚会、祈福。丹麦——杯盘碎片送朋友。印度——抱头痛哭迎新年。巴拉圭——不动烟火吃冷食。意大利——摔瓶打罐扔脸盆。法国——喝光余酒交好运。西班牙——深更半夜吃葡萄。

游园会
ZOO
国宝
熊猫
南宁~游展
25元/位
•南宁动物园•
你还可以这样写
你还可以这样画

元旦
礼
元旦当日购物均有
惊喜礼物赠送哦

元旦
韩国料理

你还可以这样画
你还可以这样写
连年有鱼
湘鱼馆
1.1～1.8
元旦好鱼连连！
大头鱼：25元
草鱼：30元
禾花鱼：40元

元旦快乐
中华美食馆
南方店
川味菜
湘菜风味
桂林米粉
北京涮羊肉
9折

你还可以这样写
韩国凉面
韩国凉面
韩国凉面
火热销售
味道好极了！快尝尝！
5元
你还可以这样画

你还可以
这样写
贺元旦
贺元旦
贺元旦 音乐会
1月1日学校礼堂8:00
精彩纷呈

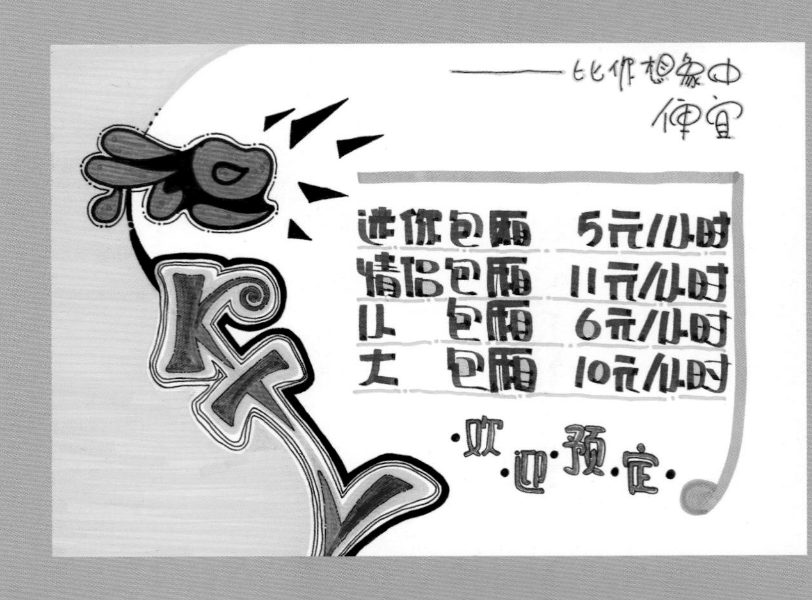
——比你想象中
便宜
贺
KTV
迷你包厢 5元/小时
情侣包厢 11元/小时
小 包厢 6元/小时
大 包厢 10元/小时
·欢·迎·预·定·

灶王大酒店
隆重推出：
元宝八珍
大子兔
啤酒买2送1
本店
节日就餐
全单可享
8折
HAPPY
元旦

庆祝元旦
元~春天来啦~旦
"小小版"春装上市
八折优惠
新款 · 时尚 · 实惠
优惠时间：07年1月1日～1月3日
小小版服饰铺

游园会
元旦
为庆元旦节的到来@我单位将举行元旦游园会@望广大职工前来参加！机不可失!!!
时间:1月1日~1月3日
地点:篮球场

抢拥
吞天
元旦南宁市郊一日游
优惠价:88元/人
咨询电话:0771-581888
车马松旅行社.

小马饭店
猪排饭
元旦上市

元旦特惠
伊纺古城专卖店
喜迎新春大热卖
纯毛衫 85元
纯棉内衣 120元
围巾 40元
古城路21号

自助海南行
元/位
元旦日献
小马旅行社

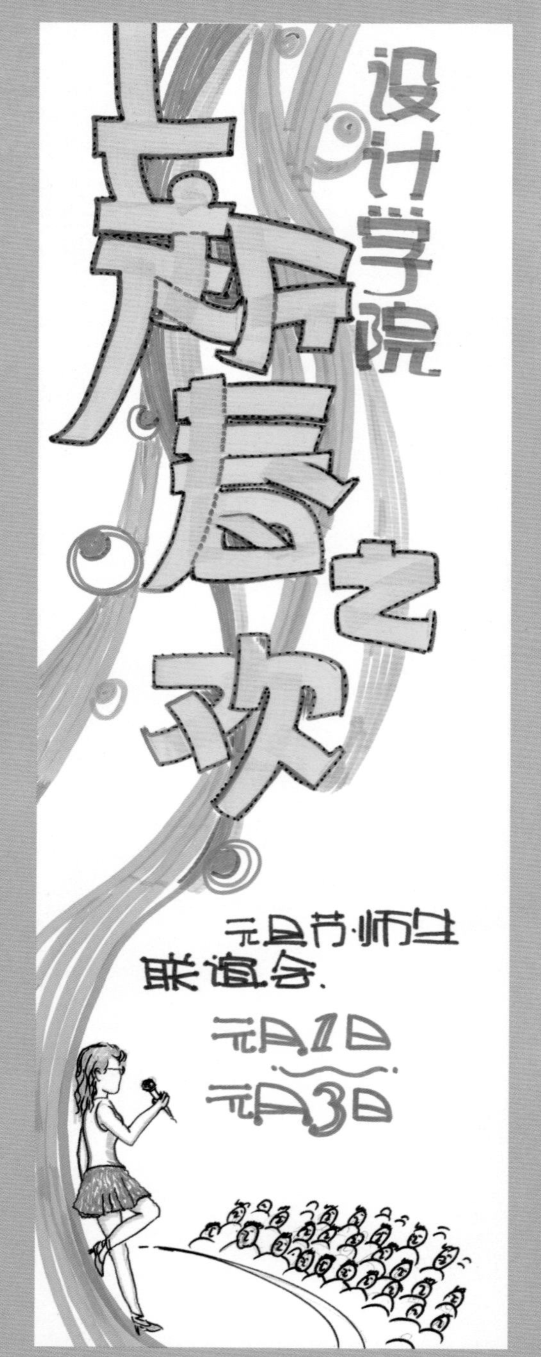
设计学院
新春之欢
元旦节·师生联谊会.
元月1日
元月3日

元旦
1月1日
欢乐运
每桌赠小点心/份
天天有惊喜
日日有美食

5元/人
元旦

你还可以
这样画
你还可以
这样写
元旦
大派送
店内所有年货
一律5折
凡消费满100元
即可获赠
精美礼品
元旦大派送
元旦大派送
元旦大派送
元旦大派送

元旦期间
满100元
返现28元

庆祝元旦
宝宝舒
纸尿裤
时间：
元月1日—元月3日
6折
地点：
宝宝舒专柜

元旦抢购
不一样的时间
不一样的价钱!!!
在新的一年
来临之际，本商场所有
的服装限时打折
1—3折
时间：1月1日晚 22:00—0:00
—洋洋百货—

元旦
时尚服装
7折

唱响元旦
日本广播交响乐倾情演出
時間:二〇〇七年元旦
地點:南宁歌剧院
主办:中國中日友好协會
售票热线:5357474
5357475

哇!全场5折
元旦
乐乐亲童装大特惠
时间:2007年1月1日—5日.
南方百货

元旦快乐
购物送缤纷好礼

展销会
展销时间：
1月1日~1月5日
展销地点：
区图书馆一楼

元旦
服装区
降价中
7折
南城百货欢迎您

元旦之夜
欢迎光临
夜空酒吧…
元旦之夜
优惠

麻得回味
辣得过瘾

香水
全场8折

元旦惊喜
春装上市
5折
梦之岛百货

1月1日
元旦
买1送一
特价
天平超市
食品一律
9.5折

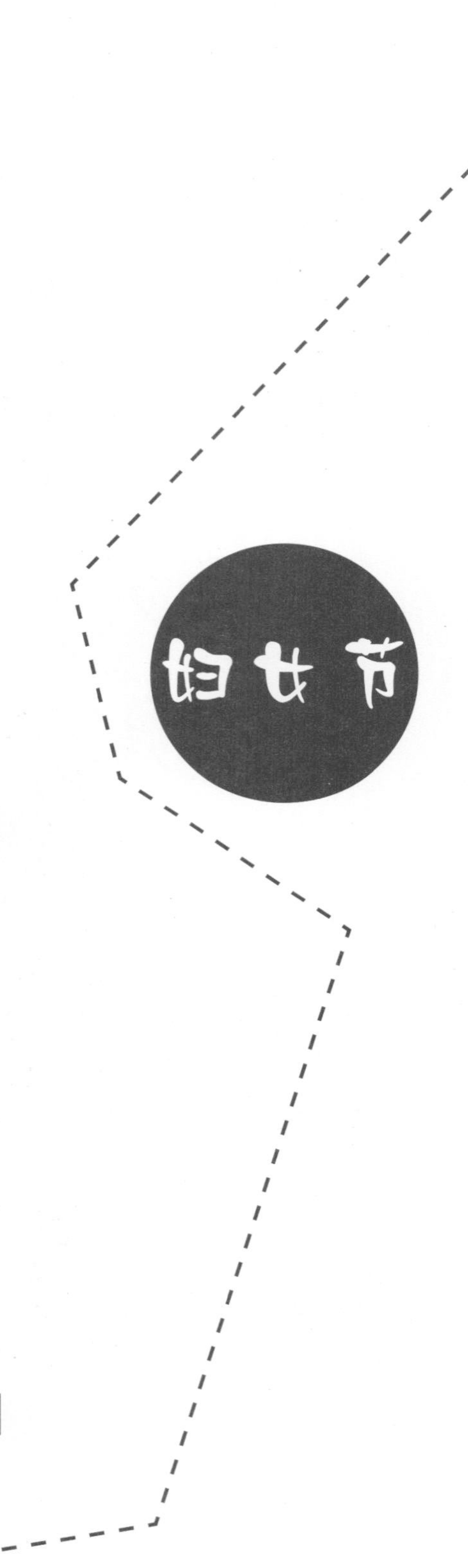

【妇女节简介】

国际劳动妇女节 (International Working Women's Day) 又称“联合国妇女权益和国际和平日”(U.N. Day for Women's Rights and International Peace)或“三八”妇女节，是全世界劳动妇女团结战斗的光辉节日。在这一天，世界各大洲的妇女，不分国籍、种族、语言、文化、经济和政治的差异，共同关注妇女的人权。近几十年来，联合国的四次全球性会议加强了国际妇女运动，随着国际妇女运动的成长，妇女节取得了全球性的意义。这些进展使国际妇女节成为团结一致、协调努力要求妇女权利和妇女参与政治、经济和社会生活的纪念日子。

国际妇女节是在每年的3月8日为庆祝妇女在经济、政治和社会等领域作出的重要贡献和取得的巨大成就而设立的节日。同时，也是为了纪念在1911年美国纽约三角工厂火灾中丧生的140多名女工。

【妇女节习俗】

休假、庆祝。

淑女俱乐部
把工作放下
给身体一次瑜珈乐
3·8妇女节
我们要健要美，淑女俱乐部中心广场前，一起体验瑜珈乐！
3·8淑女
你还可以这样写
3·8瑜珈乐
瑜珈乐3·8
你还可以这样画

妇女节
7折
美丽精品
时尚服装

你还可以
这样写
你还可以
这样画
妇女节
三八
三八节期间凡在
本商场购物达
300元可赠价值
100元
礼品
多买多送哦
活动时间:
3月8日~3月18日

你还可以这样画
妇女节
妇女节
你还可以这样写
妇女节
凡女士购物均
送神秘礼品！

三八节
美丽一点
各类
服饰
5
折
乐乐商场.....

你还可以这样写
妇女节
时尚美丽
时尚美丽
时尚美丽
乐乐
购物广场
5
折
欢迎
光临
你还可以这样画

你还可以这样画
你还可以这样写
一支歌
一支歌
妈妈都能一支歌
3·8浓情奉献
大型文艺汇演
时间：3月8日晚7:00
地点：东都电影院

超低价
美丽女装
3·8节
本商场女装
全部
5折

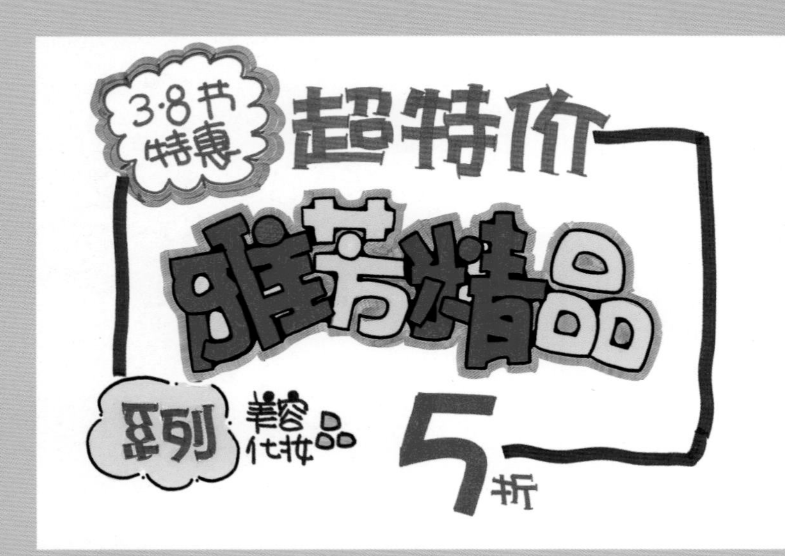
3·8节特惠
超特价
雅芳精品
系列
美容化妆品
5折

3·8妇女节
浓情奉献
天然滋补养颜佳品
蜜梨百合饮

妇女节
日本浴
20元
日式按摩
15元
小马屋

三八
妇女节
鸡尾酒
全部7折
小马店

3·8
5
折

Women's Day
3月8日
凡购物满20元
即可免费测试
皮肤一次

3·8节
情侣套餐

3·8节快乐
发美·人美
凡3月8日光
顾本店的
女士,即享
受8折
优惠
美心发屋

可爱小女生
三八妇女节
优秀女装
全场特惠

你还可以这样画
你还可以这样写
可爱小女生

妇女节
妇女节
你还可以这样写

妇女节
妇女节
当天美食
全部9折

快乐献礼
快乐女人
AVON
雅芳润肤乳 12元
雅芳柔肤水 18元
雅芳唇膏 32元
·尼娅化妆

3·8节
情系美丽
女装区
全部7折
你还可以这样画
情系美丽
情系美丽
你还可以这样写
3·8妇女节
媛子百货公司
全场5折

妇女节
3月8日
回报新老顾客
全部货品
特卖
妇女节
妇女节
你还可以
这样写

3.8
妇女节
全场5折
买多优惠多多
华西百货

你还可以
这样写
3月8日
冰冰冰
冰屋
特别推荐
你还可以
这样写
美丽女人
三八节当日
女性一律
5折
元元美容中心
你还可以
这样画
你还可以
这样画

妇女节
精品包
全场
5
折

三八节
女人场
开张
妇女节当日
特惠

你还可以
这样写
姐妹会
姐妹会
姐妹会
时间：3月8日
地点：苏斯酒店
你还可以
这样画

美容卡
折优惠

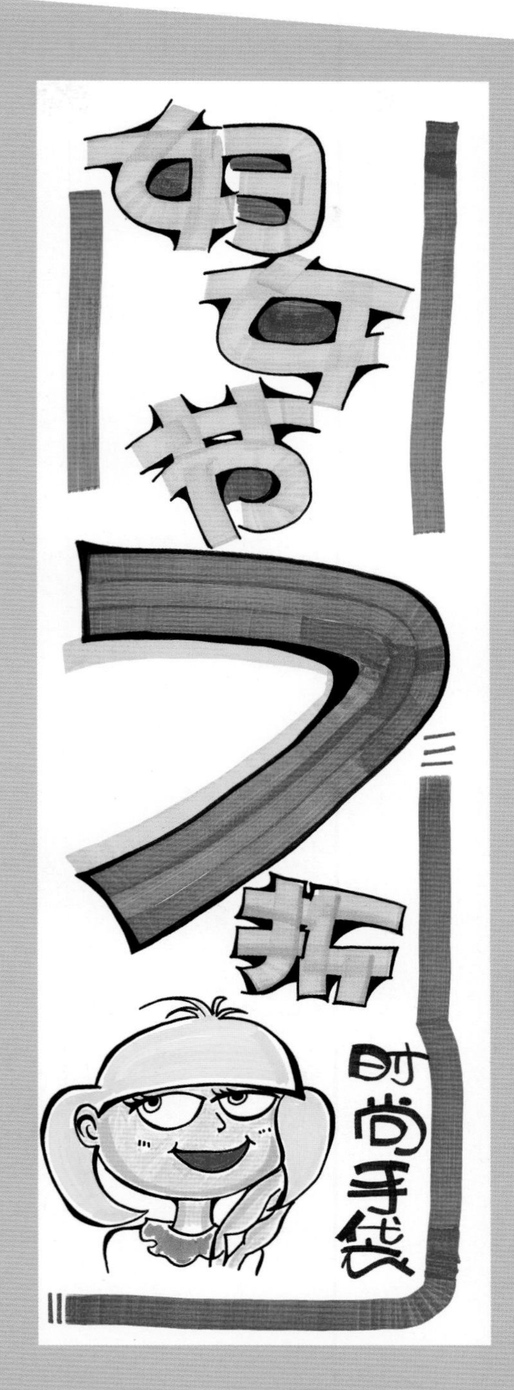
妇女节
7
折
时尚手袋

3·8
庆祝妇女节
凡在本店消费
满380元
即送 38元

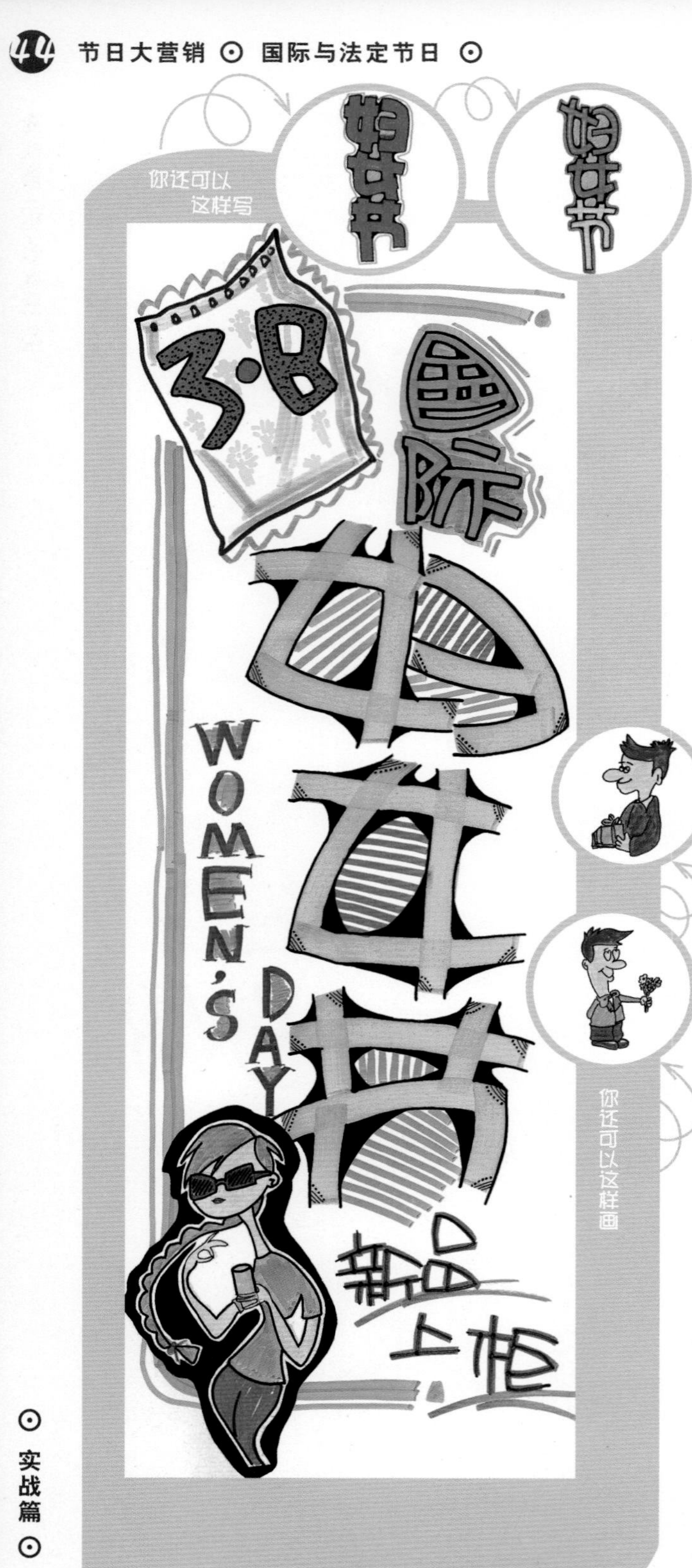
你还可以
这样写
妇女节
妇女节
3·8
国际
妇女节
WOMEN'S DAY
新品
上柜
你还可以这样画

3·8
妇女节
美帽节
一律5元
3·8
春季女装
8
折
春季女装
春季女装
你还可以
这样写

你还可以
这样写
百年媚丽
百年媚丽
3月8日
百年媚
丽请你喝美
你美，我也美
容养颜茶，让
你青春无限
百年媚丽
免费哦！
你还可以
这样画

妇女节
化妆品
7折
心动价

【消费者权益日简介】

为了扩大消费者权益保护的宣传，使之在世界范围内得到广泛重视，促进各个国家、地区消费者组织的合作与交往，更好地开展保护消费者权益工作，1983年国际消费者联盟组织确定每年3月15日为“国际消费者权益日”。

这一日期的选定是基于美国前总统约翰·肯尼迪于1962年3月15日在美国国会发表的《关于保护消费者利益的总统特别咨文》中，首次提出了著名的消费者的“四项权利”，即获得消费安全的权利、取得消费资讯的权利、自由选择商品的权利、合法申诉的权利。

从1983年以来，每年的3月15日世界各国的消费者组织都要举行大规模活动，通过各种形式，利用各种宣传媒体集中宣传消费者的权利、消费者组织的义务，显示消费者的强大力量。

我国自1987年开始，每年的3月15日，全国各地消费者组织都联合各有关部门共同举办隆重的纪念活动，运用各种形式宣传保护消费者权益的有关法律法规及其成果，促进全社会都关心、支持消费者权益保护工作。“‘3·15’国际消费者权益日”的宣传活动已成为具有广泛社会影响、意义深远的社会性活动。

咨询电话
12315
315
热线
你的权益
我维护
你的信赖
我珍重
你还可以这样写
315热线
315热线
你还可以这样画

3·15
维权热线
!
2
3
1
5
:

3·15维权热线
3·15维权热线
你还可以这样写

消费者
权益日
维权知识
大赛即日举行
地点：校礼堂
时间：07/3/15

放心3·15
放心3·15
你还可以这样写
放心3·15
维护消费者权益
举报电话：12315
你还可以这样画
3·15
3·15消费者权益日
维权知识讲座
●时间：3月15日晚上
●地点：院学术报告厅
·院学生会宣·
你还可以这样写
消费者权益日
消费者权益日
消费指南
你还可以这样画
3·15
消费者权益日
维权咨询会
时间：3月15日8:00~18:00
中心公园

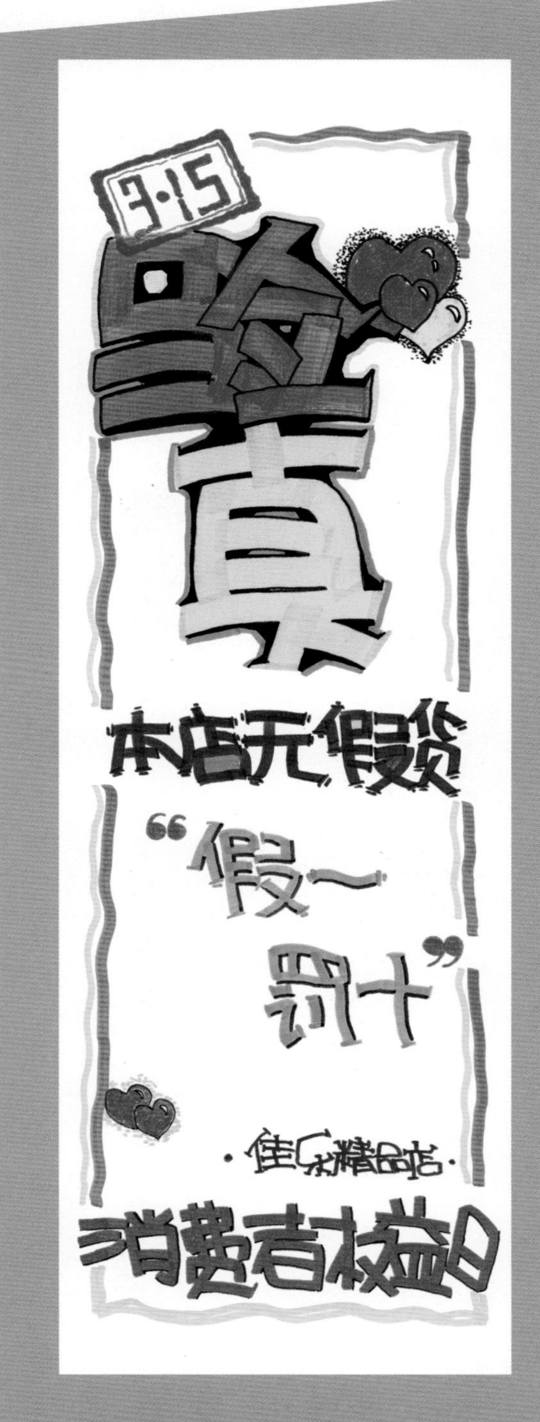
3·15
本店无假货
“假一罚十”
·佳乐精品店·
消费者权益日

3·15

消费者权益日
全部货品特价！

维权
3·15
消费者权益日
一律5折
·小马百货·

打假
打假
你还可以
这样写
你还可以
这样画
打假
3·15 维权电话：
12315
你还可以
这样画
3·15
特价
西瓜·
2元/斤
苹果·
3元/斤
·小马商店·
你还可以
这样写
3·15
特价
3·15
特价

知识
讲座
3·15 维权日
中心广场
精彩开讲

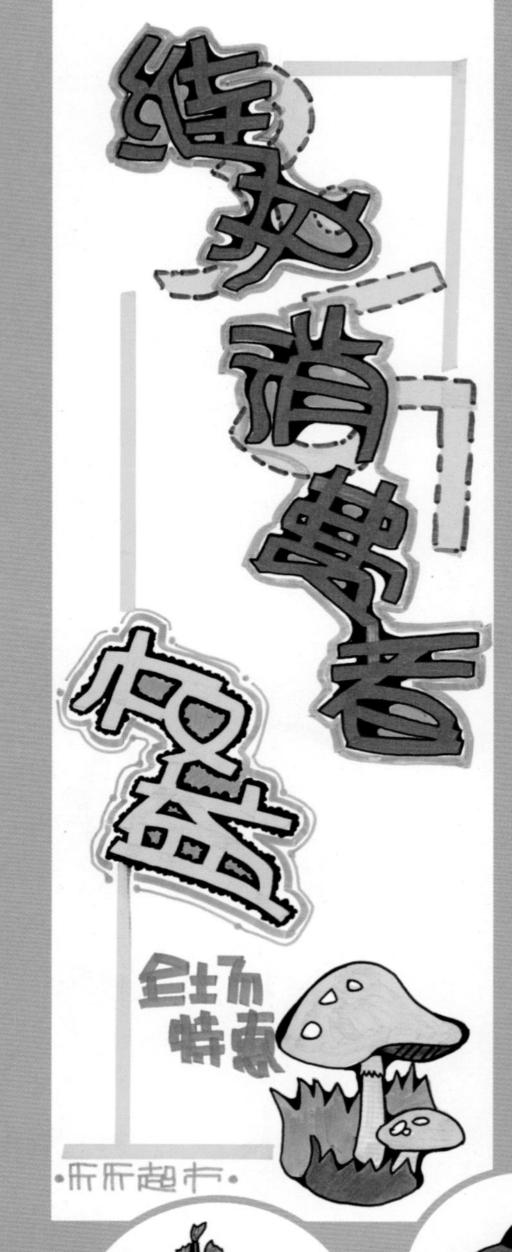

你还可以
这样写

你还可以
这样画

明明白白消费
明明白白消费
你还可以这样写
3·15
明明白白消费
购物满100元
赠送质量跟踪卡
你还可以这样画
在消费者权益日
新鲜小点心
7折

你还可以这样写
3·15
消费者权益日免费咨询
明明白白消费
利民区工商局
你还可以这样画

你还可以这样写
3·15
消费权益
3·15
消费权益
3·15
消费权益
你还可以这样画

消费者权益日
3·15
你还可以这样写
消费者权益日
消费者权益日

消费者
权益日
打击盗版
打击假货
反腐倡廉
3·15
假
盗

3·15
消费者
权益日

消费者
权益日

3·15

你还可以
这样写

你还可以
这样画

你还可以
这样画

你还可以这样写
消费者权益日
你还可以这样画
绿色消费
3·15
维权宣传
3月15、16日 市广场花园
你还可以这样写
维权宣传
维权宣传
你还可以这样画

【劳动节简介】

“五一国际劳动节” (the International Labor Day)，亦称“五一节”，定在每年的5月1日。它是全世界无产阶级、劳动人民共同拥有的节日。

五一国际劳动节源于美国芝加哥城的工人大罢工。1886年5月1日，芝加哥的21600余名工人为争取实行8小时工作制而举行大罢工，经过艰苦的流血斗争，终于获得了胜利。为纪念这次伟大的工人运动，1889年7月第二国际宣布将每年的5月1日定为国际劳动节。这一决定立即得到世界各国工人的积极响应。1890年5月1日，欧美各国的工人阶级率先走向街头，举行盛大的示威游行与集会，争取合法权益。从此，每逢这一天世界各国的劳动人民都要集会、游行，以示庆祝。

【劳动节习俗】

休假、外出旅游。

你还可以这样写
庆五一
你还可以这样画

劳动最光荣
五一期间
优惠多多
你还可以这样写
劳动光荣
劳动光荣
劳动最光荣
劳动最光荣
你还可以这样画
你还可以这样写
小马百货店..
劳动光荣
全场五一特价

劳动节
所有商品
一律5折
小马商店

劳动节
五一期间工人可
凭证领劳保品
小马商店

五一劳动节
魅力巨献
主题
音乐会
时间：5月1日晚7点
地点：区礼堂2楼

喜迎
劳动
全场
特惠
欢迎光临
乐乐商场

五一
劳动节
摄影作品展
时间/五月一日
地点/美术馆

五一
清凉饮
心动价
你还可以这样画
清新
五一
你还可以
这样写
五一黄金周
澳洲七日游
好玩
这个五一你要去哪里
赶快来参加澳洲七日
游活动吧!!!
更多惊喜等你来
五一
劳动节
联欢party
5月1日 中心礼堂

劳动我光荣
校园卫生义务在肩，
校园整洁从我做起！
4月30日上午
8:00全校大
清扫……
你还可以这样写
劳动节快乐
Happy五一
精品全场
7折哦！
你还可以这样画
时尚旅游网
你还可以这样写
尽在
五一美图旅行路线
时尚旅游网
www.ft.com
你还可以这样画

劳动节
最光荣
5·1特卖
全场5折

你还可以
这样写
五一
黄金周
经典节日线路
火热报名中
0771-5888668
你还可以
这样画

你还可以
这样写
大扫除
五一
大扫除
美化校园
你还可以
这样画

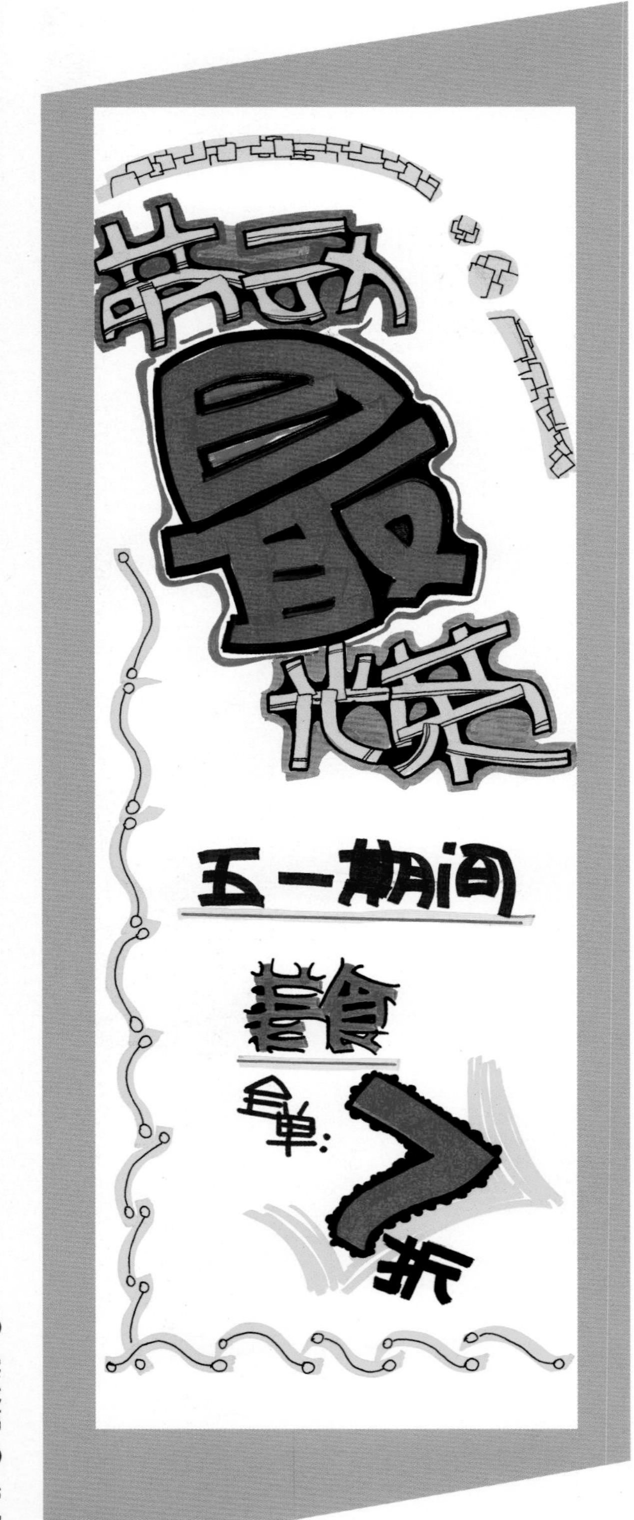
劳动节
最优惠
五一期间
美食
全单：7折

你还可以这样写
自驾游
自驾游
哇！…
自驾游
※五一自驾游
开始报名了
报名电话：515111
你还可以这样画
欢度五一
购物满91元
送10元
你还可以这样写
欢度五一

5·1
劳动者的节日
劳动节
期间购
物满
150元
送50元
代金券

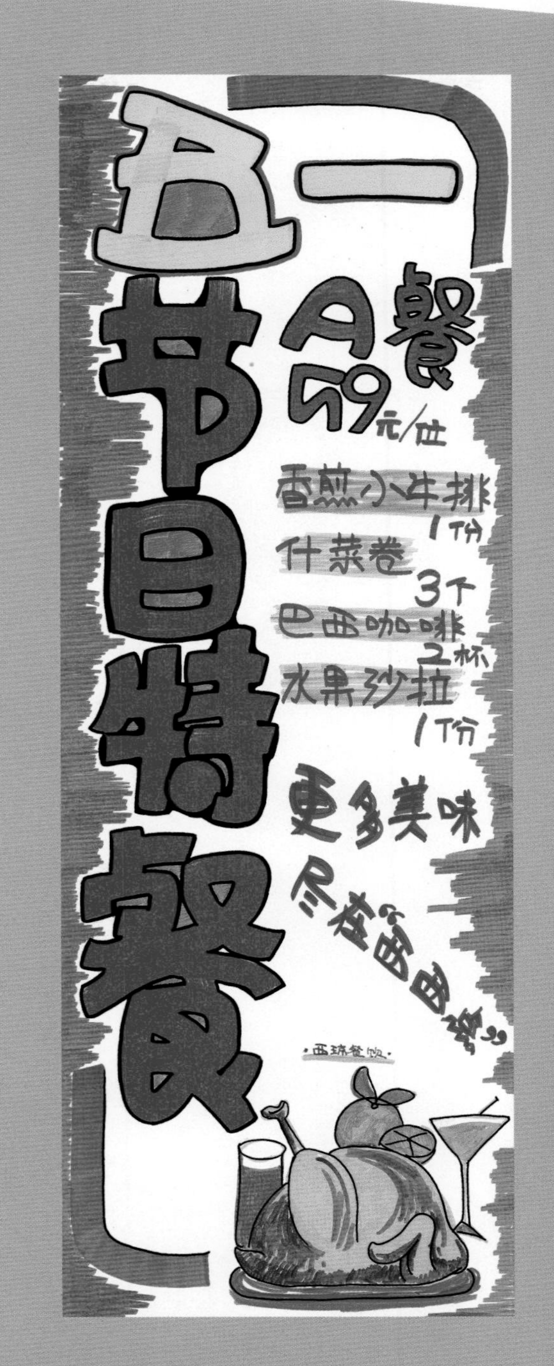

五一节日特餐
A餐
99元/位
香煎小牛排
1份
什菜卷
3个
巴西咖啡
2杯
水果沙拉
1份
更多美味
尽在西西餐
西琳餐饮

自助式
五一游
自助
桂林专线¥、
425元

庆五一
大酬宾
全场
仅6折
南城百货

非洲之旅
五一特价中
·小马旅行社·

五一期间
买电脑
送mp3

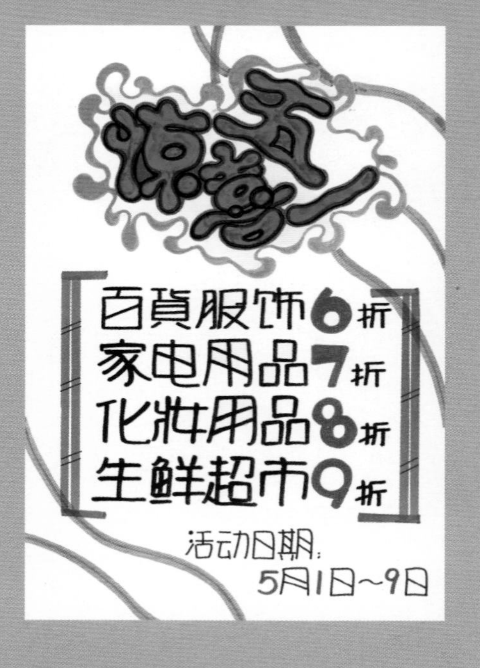
惊喜五一
百貨服饰6折
家电用品7折
化妆用品8折
生鲜超市9折
活动日期:
5月1日~9日

实战篇 ⊙ 劳动节 ⊙

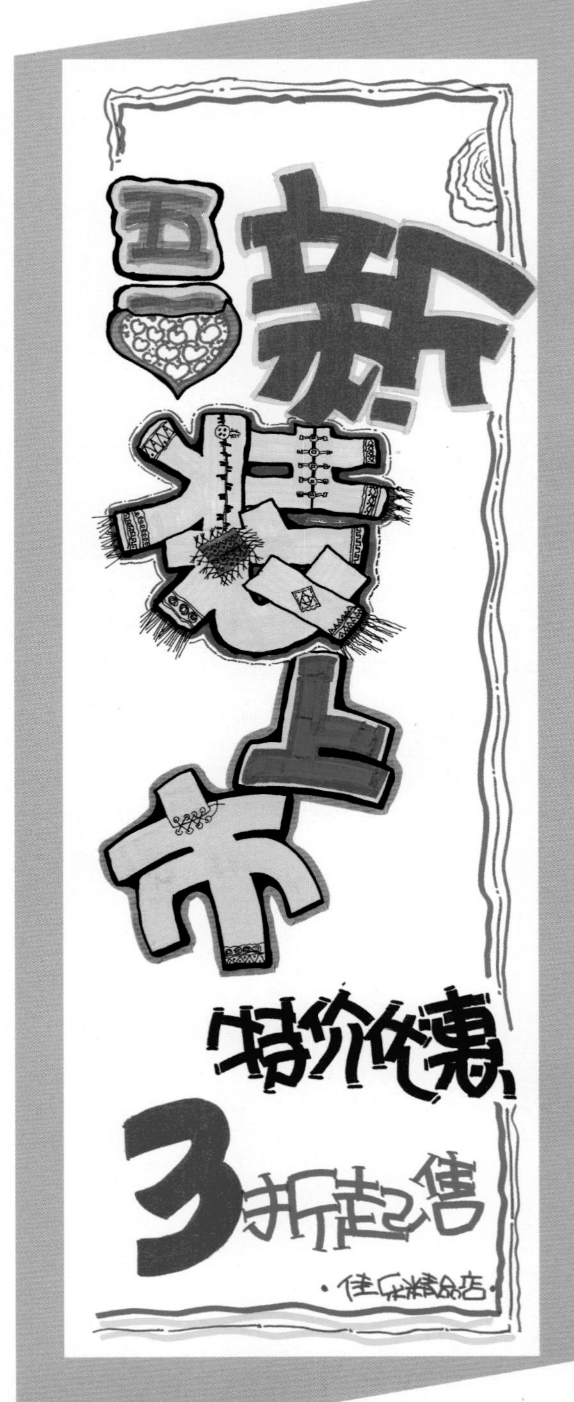
五一
新装上市
特价优惠
3折起售
·佳乐精品店·

你还可以这样写
五一
劳动节
过佳节
大优惠
乐乐商场
你还可以这样画

你还可以
这样写

你还可以
这样画

你还可以
这样写

你还可以这样画
5·1
黄金周
农家风情游
120
元/人
你还可以这样画

五一
劳动节
特价
168元/个
快来
抢购……

好吃看得見
五一特献
招牌鸭
香水鱼
柠檬鸭
艺术学院
后勤部

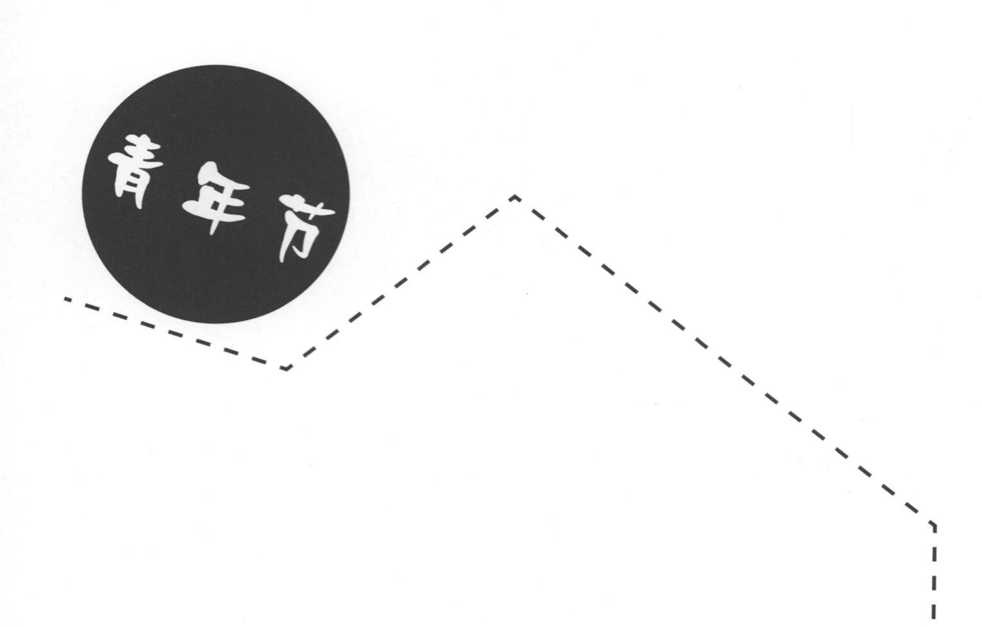

【青年节简介】

1919年5月4日，北京的青年学生为了抗议帝国主义国家在巴黎和会上支持日本对我国的侵略行动，举行了声势浩大的游行示威，最后发展成为全国人民参加的反帝反封建的爱国运动。“五四”运动表现了中国人民保卫民族独立与争取民主自由的坚强意志，标志着中国新民主主义革命的开始。1949年政务院正式宣布5月4日为中国青年节。五四精神的核心内容为“爱国、进步、民主、科学”。

什么是五四精神呢？有的认为是爱国主义，有的认为是民主与科学，有的认为是解放思想、不断创新，有的认为是理性精神、个性解放，有的认为是勇于探索、追求真理，有的认为是破旧立新的革命或变革，有的认为是彻底的反帝反封建，等等。这些说法都是有道理的，事实上也是联系在一起的。

爱国主义是五四精神的泉源，民主与科学是五四精神的核心，勇于探索、敢于创新、解放思想、实行变革是民主与科学提出和实现的途径，理性精神、个性解放、反帝反封建是民主与科学的内容。而所有这些，最终目的都是为了振兴中华民族。因此，纪念五四运动，发扬五四精神，应该把这些方面结合起来，为振兴中华民族而努力奋斗。

总之，五四精神代表着诚实的、进步的、积极的、自由的、平等的、创造的、美的、善的、和平的、相爱互助的、劳动而愉快的、全社会幸福的统一体。

你还可以
这样写
校青社团
五四诗会
青年人的节日
放飞浪漫
的时刻
周六晚8点
你还可以
这样画

五四冲浪赛
报名中
你还可以这样写
五四冲浪赛
五四冲浪赛
你还可以这样画
5.4 K歌大赛
你还可以这样写
K歌大赛
K歌大赛
你还可以这样画

你还可以这样写
五四
宣誓
五四
宣誓
入团宣誓仪式
5月4日 14:30举行
你还可以这样画
五四青年节
青年联谊会
时间：5月4日晚
地点：大礼堂
你还可以这样写
活力青春节
活力青春节
活力青春节
2007青年网球大赛
时间：6.1~6.7
你还可以这样画

5·4
5月4日晚
会演中心

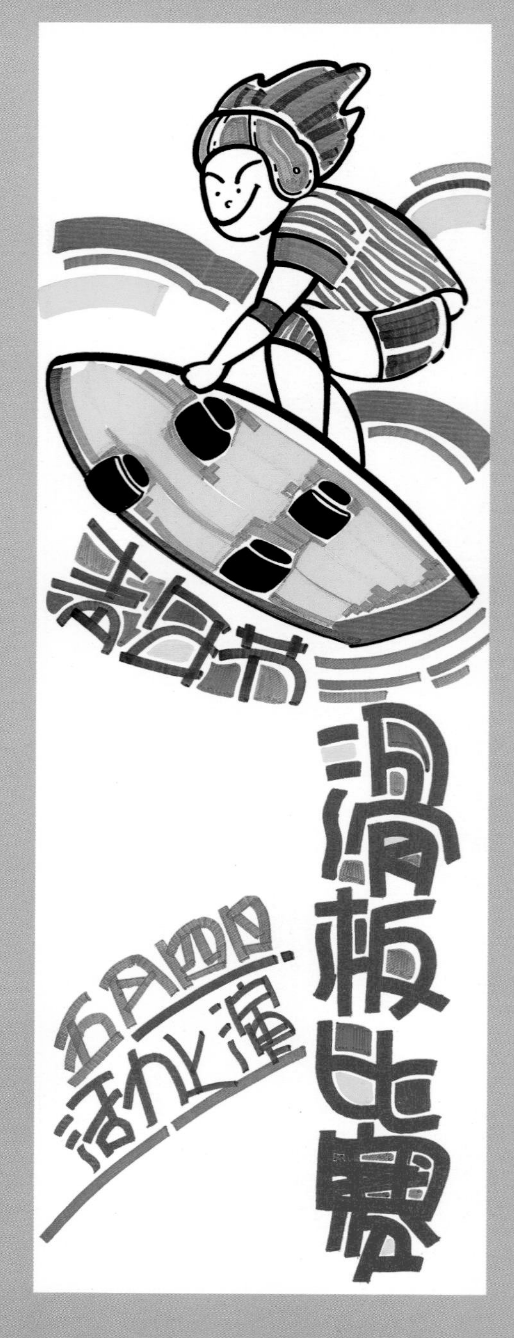
青年节
滑板比赛
五月四日
活力上演

青年节
自由泳大赛
欢迎光临

相约
PUB酒吧
全场
5折
青年节
五四

T恤衫
青年节
M
6元
小马百货

青年节
五四
新款美服
展
风流

五四青年节
年轻的朋友们
让我们铭记伟大的“五四”运动，
肩负起改革开放新时代的重
任，服务于人民，效忠于祖国！

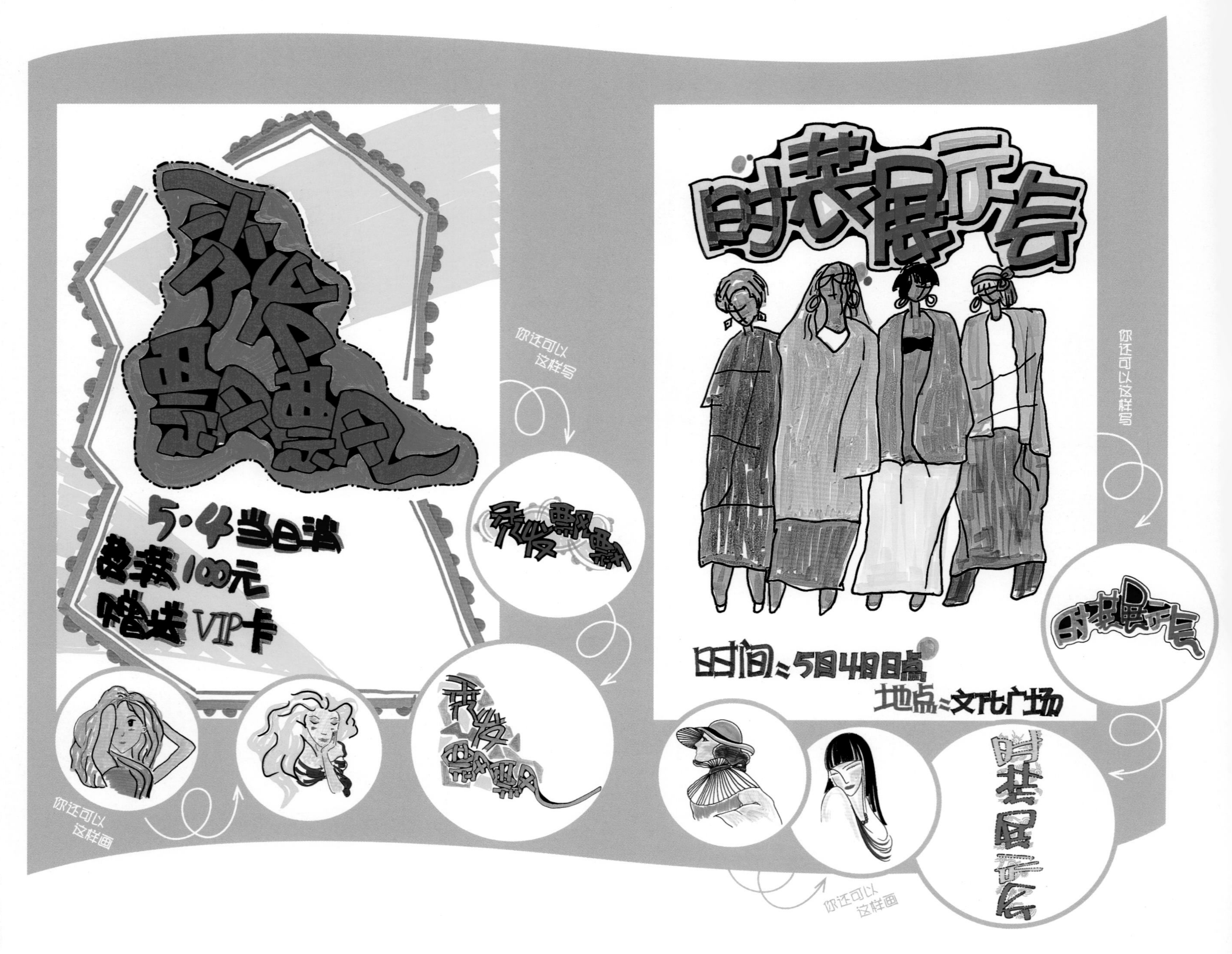
5·4当日消
费满100元
赠送VIP卡
时装展示会
时间：5月4日
地点：文化广场
你还可以
这样写
你还可以
这样画
你还可以这样写
你还可以
这样画

你还可以
这样写
五四青年联谊会
时间：
5月4日
晚8点
地点：
会演
中心
5.4
青年
联谊
会
五四青年联谊会
你还可以
这样画
羽毛球大赛
五四
设计系
VS
美术系
时间：五月四日十点
地点：学校体育馆
青年节期间
青年节期间
你还可以
这样写
五四
青年节
相约PUB酒吧
酒水5折

你还可以这样写

篮球赛

五四·青年节

地点:学校篮球场

时间:五月四日~五月十四日

主办:学校团委协办学生会

你还可以这样画

你还可以这样写

五四青年节

厨艺大赛

时间:5月4日

地点:文化广场

你还可以这样画

你还可以这样写
五四
青年节
五四
青年节
五四
青年节
技能比拼
时间：5月4日
晚8点
地点：区礼堂
一楼大厅
I can

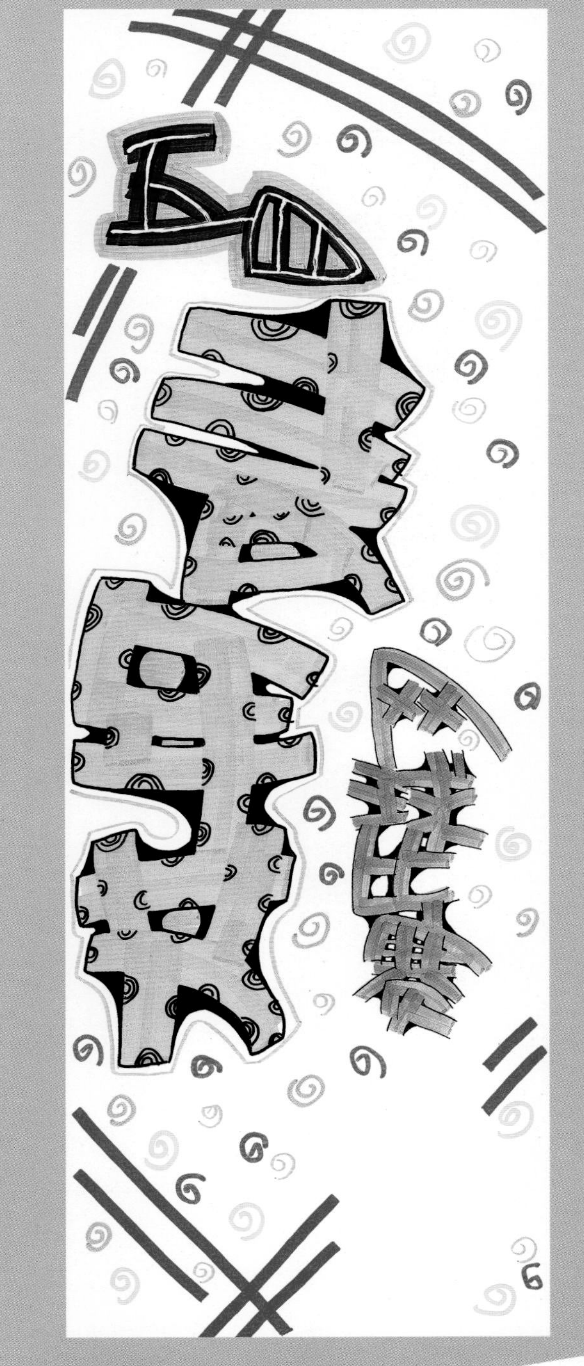
五四
青年节
技能比赛

5·4
青年节
五四青年
笔友会
时间：
5月4日晚7时
地点：
院学生礼堂

·小马百货·
玩具

纯真年代牛排套餐
五四
青年节
铁板什锦
套餐
15元/份

庆祝五四青年节
重庆火锅
双拥路28号
酸菜鱼头锅
酸辣鲜虾锅

你还可以这样写

青年节优惠大行动

美丽饰品

5.4~5.6
ON Sale

青年节优惠大行动

青年节优惠大行动

你还可以这样画

你还可以这样画

闪亮歌手将要登场啦！赶快来看哦！

☆时间：五月四日晚上八点

☆地点：学校大礼堂

你还可以这样写
五四野战
五四野战
五四野战
五四青年节,我们的活力要四射哦.准备好了吗?
你还可以这样画

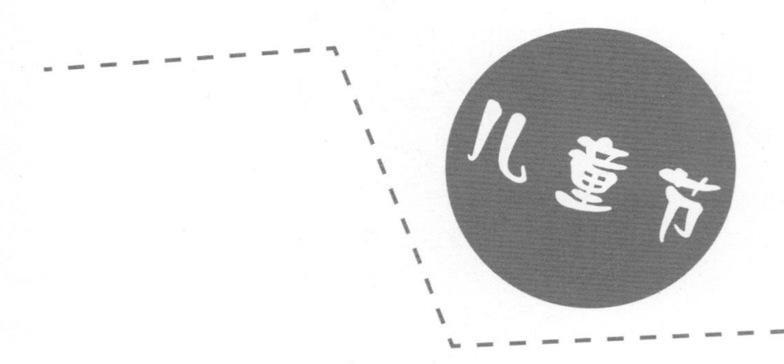

【儿童节简介】

国际儿童节（又称儿童节，International Children's Day）是保障世界各国儿童的生存权、保健权和受教育权，为了改善儿童的生活，为了反对虐杀儿童和毒害儿童的节日，大多数国家通常定为每年的6月1日。目前，各国政府普遍关注儿童的未来，保护儿童的权益。1951年4月，国际民主妇女联合会在苏联莫斯科开会，决定每年的6月1日为国际儿童节。

目前世界上许多国家都将6月1日定为儿童的节日，尤其是在社会主义国家。在欧美国家，儿童节的日期各不相同，而且往往很少举行社会公众性的庆祝活动。因此往往有人误解为只有社会主义国家才将6月1日定为儿童节。事实上，近年来，美国的一些组织也开始考虑将儿童节定在6月1日。

【儿童节习俗】

游园活动、庆祝晚会。

你还可以
这样写
你还可以
这样画

欢乐儿童节

你还可以
这样写
欢乐
欢乐

潮装儿童节
新款上市

你还可以这样写
宝宝爬行比赛
宝宝爬行比赛
宝宝爬行比赛
年满6~11个月的运动宝宝快来参加哦！
你还可以这样画

快乐宝贝
庆祝六一
宝宝爬行大赛上午9点开始
地点：
百货大楼5楼
电话：
0771—5516411

儿童节.六一
游园活动
时间安排：
上午10:00—12:00
下午3:00—5:00
地点:学校操场

快乐天使
6·1
童马真
7折
你还可以这样写
快乐天使
快乐天使
你还可以这样画

你还可以这样写
漂亮宝贝
漂亮宝贝
漂亮宝贝
5折
6月1日-3日
BOY
元元百货
你还可以这样画

你还可以这样写

你还可以这样画

你还可以
这样写

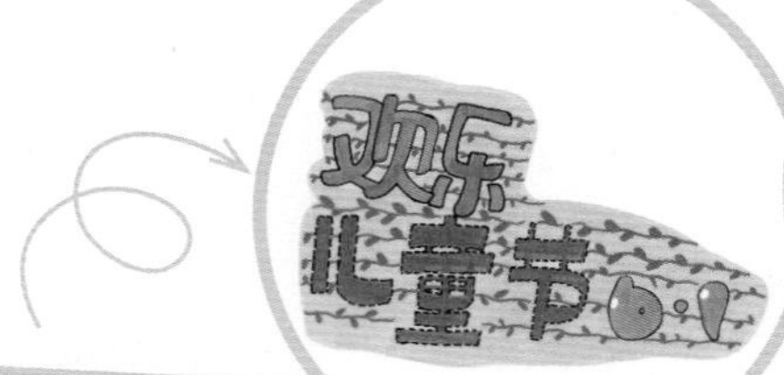
欢乐
儿童节 6.1

欢乐
儿童节
6.1

欢乐
六一儿童节
节日期间
乐园为孩子们准备了丰
富的游园活动.希望小朋友
们能度过一个欢乐的儿童节
时间
6月1日～6月7日
一切活动免费!!

儿童节
4周岁
总动员
这个六一不平凡!!!
为庆祝baby世界4
周岁年庆.特开展
"4周岁总动员"儿童
赛跑活动.赶快来
一展身手吧!
报名中……
baby世界9部分

你还可以
这样画

你还可以这样写
足球宝贝
足球宝贝
足球宝贝
6·1节
儿童
足球比赛
地点：
文化广场
欢迎参加
你还可以这样画
你还可以这样写
采摘活动
采摘活动
六一
采摘活动
你还可以这样画

庆
六一
儿童节
全场童装
5折
华西商场宣

六一
公园
游
六一节期间人民公园
开设许多娱乐节目
儿童免票

你还可以这样写
童童书店
迎六一
畅销书展
哈里波特
你还可以这样画

你还可以
这样写

童话故事书

童话故事书

童话故事书

庆祝六一
童话故事书大
优惠.全场

5折 元元书店

你还可以
这样画

你还可以
这样画

最新推出
儿童节套餐
16元/份
麦餐坊

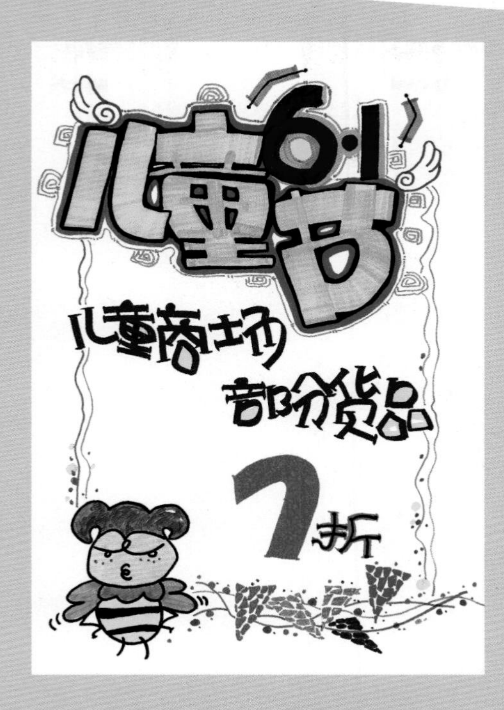
6·1
儿童节
儿童商场
部分货品
7折

HAPPY
儿童节
"六一快乐"
·热售名类电动玩具
·儿童智力拼图及书籍
全场
8
折

婴儿爬行比赛
时间：
六月一日
地点：
小马广场

儿童节
儿童节
你还可以这样写
·小马飞俊·
儿童节
童装
全场6折
你还可以这样画

6·1
儿童节
童装
连衣裙50元
上衣45元

享受年轻
散发活力
嬉戏时代
唤起美好童年回忆
各式玩具 任君挑选 全场8折优惠
欢迎热情选购

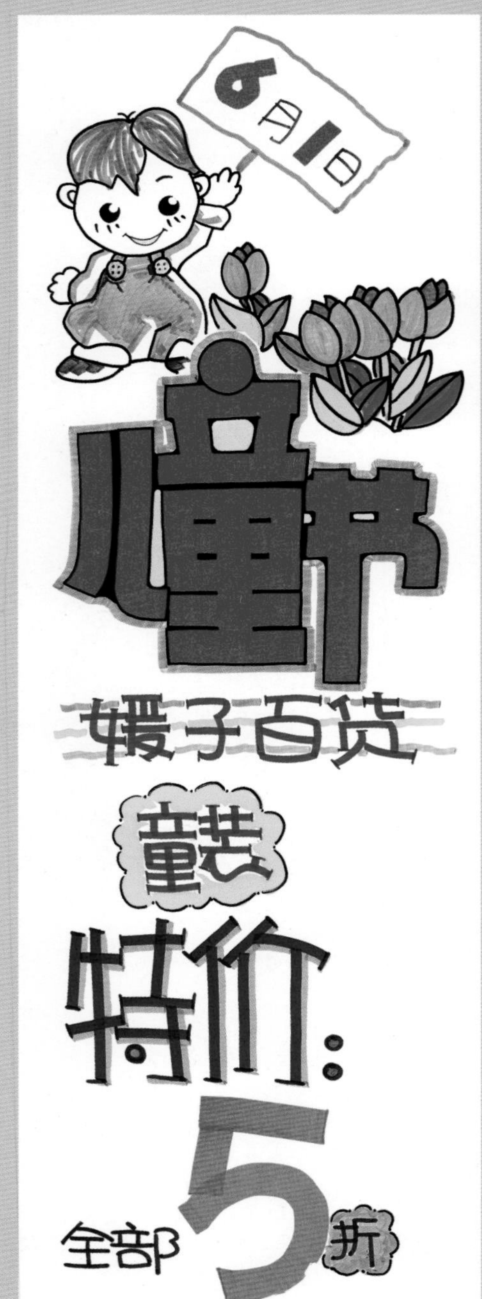
6月1日
儿童节
暖子百货
童装
特价：
全部5折

六一儿童节
儿童服饰
一律八折优惠
欢迎选购
新时代商业港
B座 201号
07.3.8～07.4.5

儿童节
粉色糖果屋：
六一特惠项目，凡持有
本店消费卡者，购物
8折！把握机会

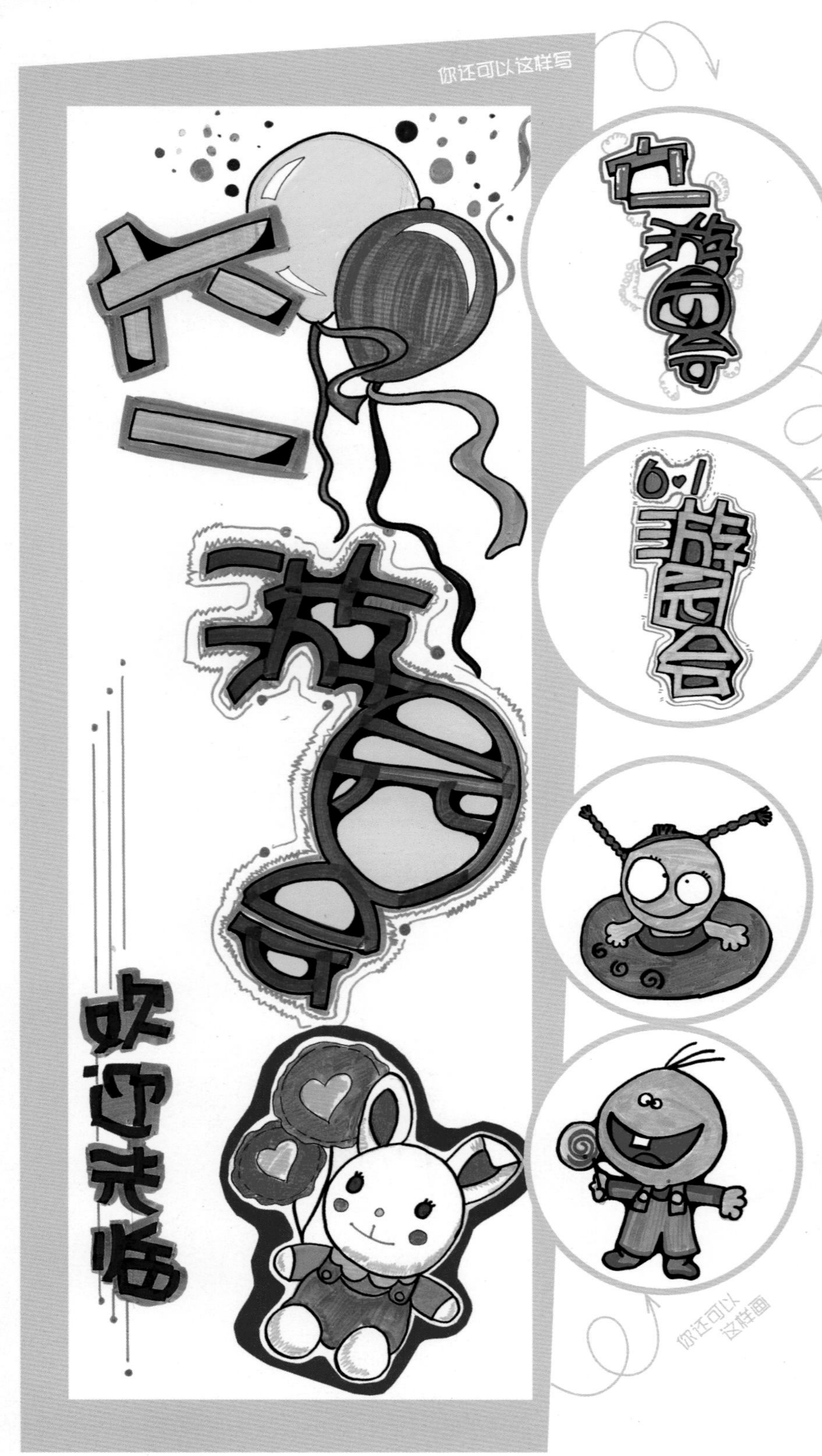

你还可以这样写
六一
游园会
欢迎光临
六一游园会
6·1游园会
你还可以这样画

童节
欢乐游戏项目免费
游乐园各项活动八折
蓝天游乐园

你还可以
这样写
童装
惠价
你还可以
这样画
童装
惠价
61节期间·本店新进
春季童装6折
6·1节
儿童照
你还可以这样写
儿童照
儿童照
广州照相馆
推出系列儿童照
6折
你还可以
这样画

【教师节简介】

教师节(Teachers' Day)是我国仅有的包括护士节、记者节在内的三个行业性节日。自1931年以来，我国在不同历史时期共有过4种不同日期和性质的教师节。

早在1932年，民国政府曾规定6月6日为教师节，新中国成立后废除了6月6日的教师节，改用“五一国际劳动节”同时为教师节，但教师没有单独活动，没有特点。而将教师节定在9月10日是考虑到全国大、中、小学新学年开始，学校要有新的气象。新生入学伊始，即开始尊师重教，可以给“教师教好、学生学好”创造良好的气氛。1985年9月10日，中国恢复建立第一个教师节，而从此以后，老师便有了自己的节日。

每年的教师节，全国各地的教师都以不同方式庆祝自己的节日。通过评选和奖励，介绍经验，帮助解决工资、住房、医疗等方面的实际困难，改善教学条件等，大大提高了广大教师从事教育事业的积极性。

【教师节习俗】

赠送卡片、赠送祝福、赠送鲜花。

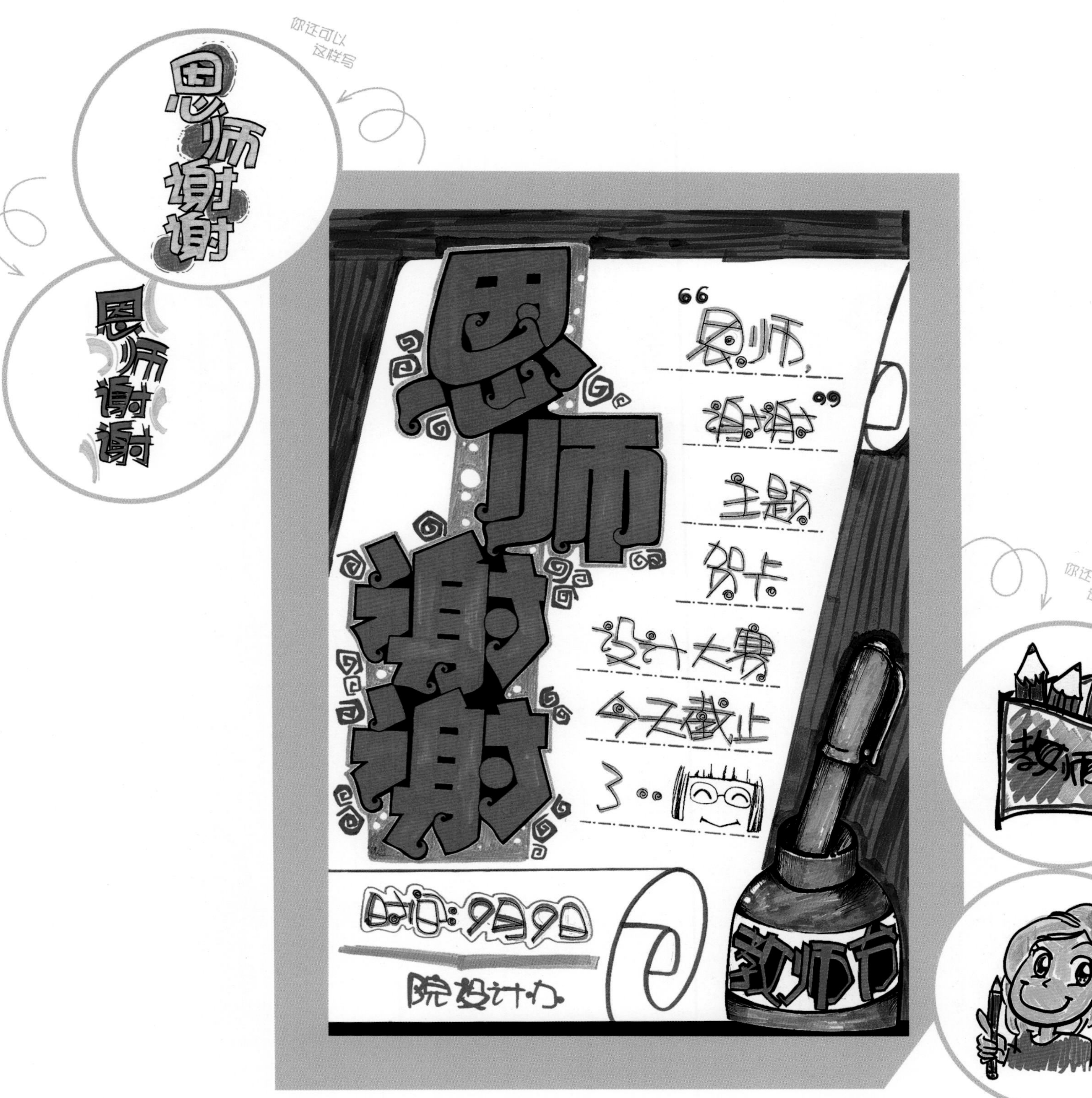
你还可以
这样写
恩师谢谢
恩师谢谢
恩师谢谢
"恩师，
谢谢"
主题
贺卡
设计大赛
今天截止
了..
时间：9月9日
院设计办
教师节
你还可以
这样画
教师节

9·10
鲜花献给老师
9月10日
本店鲜花五折
圆圆花店
你还可以这样写
鲜花
鲜花
你还可以这样画

教师节
9月10日当日
教师凭证
均可享受
7折
优惠

你还可以
这样写
教师节
教师节
教师节
装
5
折
你还可以
这样画

凭教师证
7
折
所有女装
教师节
教师节
老师凭证
7
折

老师辛苦了!
师生联谊会
本周六晚8:00

尊师重教
9月10日
让我们祝福
每位恩师
!

感恩的心
主题音乐会
教师节
浓情奉献

你还可以这样画

你还可以
这样写

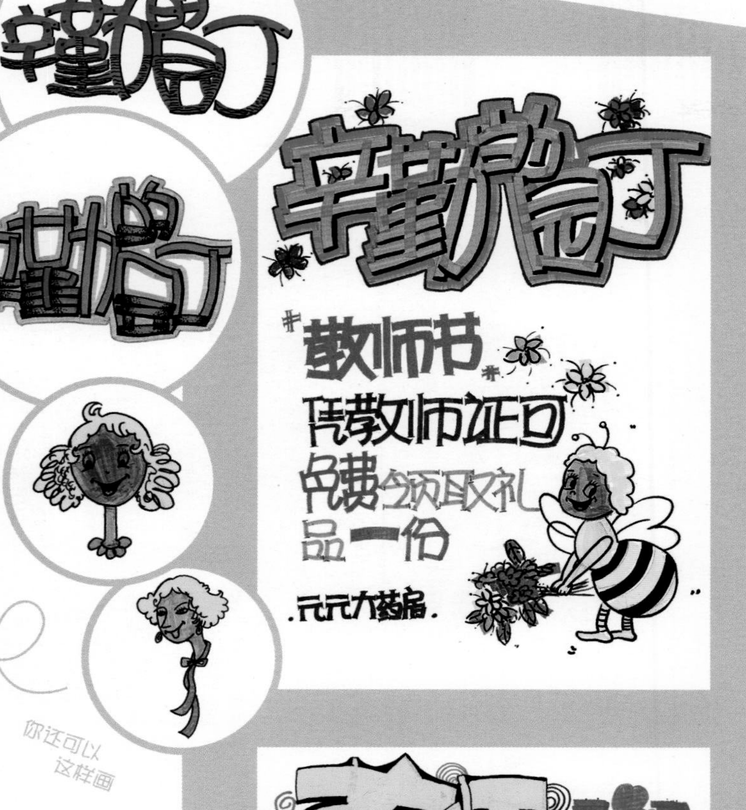

你还可以
这样画

老师
节日快乐
·教师节优惠·
本花店
5折

教师节
联欢晚会

教师
全场
特惠
大光明图书市场

师恩难忘
饰品
5折
老师您好
9月10日教师节
元元百货开展购物活动
凭教师证还"抽奖"
可获赠鲜花
8折
元元百货
你还可以这样写
你还可以这样画

教师节快乐
9月10日
全天
老师您辛苦了
你还可以这样写
教师节快乐
教师节快乐
Happy Teacher's Day
•节日大酬宾开始了
•凭教师证可获优惠
•可获鲜花一束
•所有商品八折优惠
你还可以这样画

教师节
教师凭证
送
凉面

老师好
老师好
你还可以这样画
老师好
教师节凭证
6折优惠
老师您辛苦了！
·媛子百货·
你还可以这样画

教师节
全场精品服饰
5折

桃李满天下
老师凭证
5折
·小马百货·

尊师重教
教师节快乐
敬爱的老师：
你们辛苦了！在教师节
里全体学生祝福你们：
节日快乐！
身体健康！
心想事成！

谢师恩
▶本校在教
师节当天
举行
谢师会。
地点：校大礼堂
时间：晚上20:00-22:00

教师节快乐
贺卡设计大赛

你还可以这样写

你还可以这样画

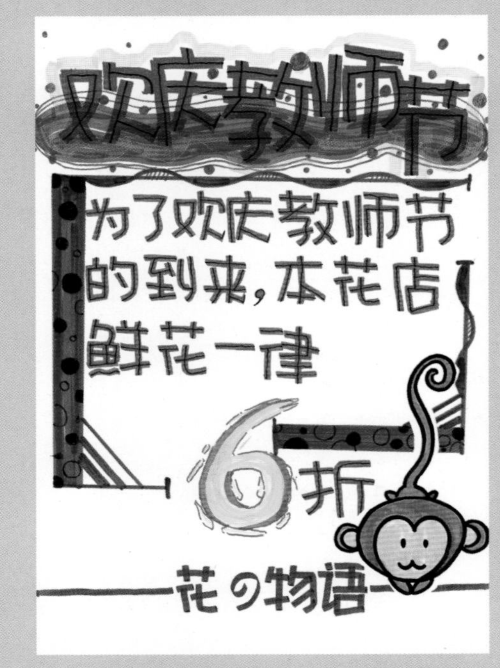

【国庆节简介】

国庆节（National Day） 1949年12月2日，中央人民政府委员会第四次会议接受全国政协的建议，通过了《关于中华人民共和国国庆日的决议》，决定每年10月1日，即中华人民共和国宣告成立的伟大日子，为中华人民共和国国庆日。从此，每年的10月1日也就是我们伟大祖国的生日。 新中国成立以来，在国庆庆典上共进行过14次阅兵。分别是1949年至1959年间的11次和1984年国庆35周年、1999年国庆50周年和2009年国庆60周年的3次。

国庆纪念日是近代民族国家的一种特征，是伴随着近代民族国家的出现而出现的，并且变得尤为重要。它成为一个独立国家的标志，反映这个国家的国体和政体。

国庆这种特殊纪念方式一旦成为新的、全民性的节日形式，便承载了反映这个国家、民族的凝聚力的功能。同时国庆日上的大规模庆典活动，也是政府动员与号召力的具体体现。

【国庆节习俗】

张灯结彩、庆祝晚会、休假。

你还可以这样写
国庆农家乐
国庆农家乐
国庆农家乐
国庆黄金周
带您走进农家生活
体验各地方民族风情
及特色小吃!!!
爱日旅社
你还可以这样画

你还可以这样写

你还可以这样画

国庆节

你还可以这样写

你还可以这样写
我的祖国
你还可以这样画
我的祖国
不要错过哦
CHINA
时间：2007年10月1日
晚7:00
地点：校礼堂

10·1
黄金周
桂林特价游
500元/人

国庆
快乐
天天惊喜
日日送

国庆巨献
moon
river
倾情
演出

10月1
国庆节
国庆特惠
享用新西兰套餐
另送
西餐
券

庆
国庆
买书6折
送好礼
书友屋

你还可以
这样写
水饺
水饺
水饺
美味
水饺
小马饭店
国庆优惠中
庆祝国庆
吃套餐
送点心
你还可以
这样画

你还可以这样写

你还可以这样画

你还可以这样写

国庆探险
你还可以
这样写
国庆探险
10·1黄金周，一起参
加大别山跳伞活动，
还有机会获大礼哦！
飞一般旅行社
你还可以
这样画
国庆有礼
你还可以
这样写
国庆有礼
5折
10月1日
~10月7日
全场女鞋
华西百货

你还可以
这样写
国庆节
国庆节
国庆节
10.1
国庆节
10月1日—3日
元元百货
全场服装
一律
7折
你还可以
这样画
国庆
百货
服饰
5
折
中心商场
你还可以
这样画

你还可以这样写
国庆期间
南城百货
全场
5折
你还可以这样画
你还可以这样写
国庆自助餐
10-1
10-1
5
折特惠
你还可以这样画

你还可以这样写
十一国庆
靓
装热卖
你还可以这样画

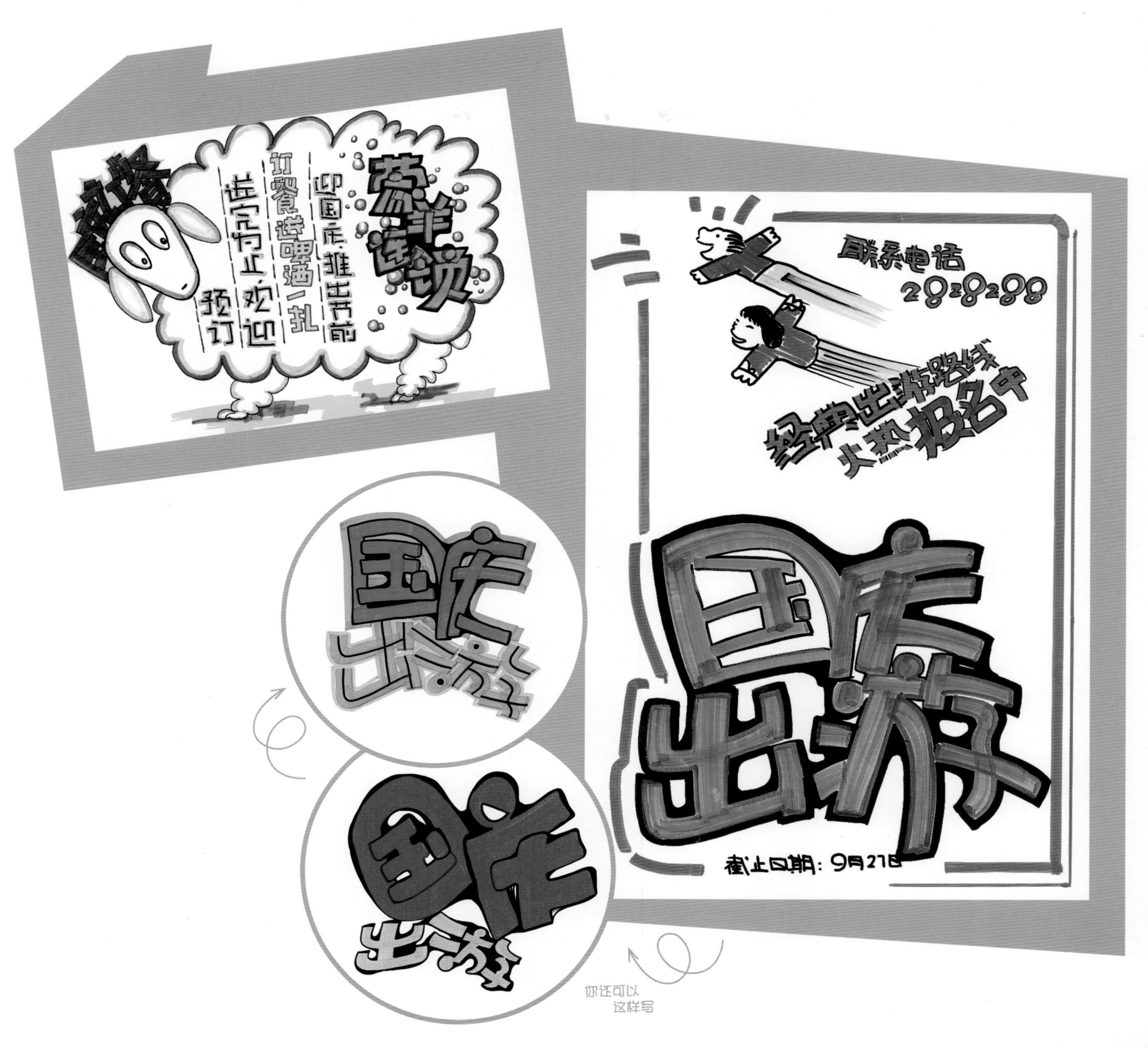
欢迎预订
迎国庆·推出节前
订餐进喔酒一扎
送完为止欢迎预订
联系电话
2828288
经典出游路线
火热报名中
国庆出游
截止日期：9月27日
你还可以这样写

图书在版编目（CIP）数据

节日大营销 · 手绘POP. 国际与法定节日篇/陆红阳，熊燕飞编著. —南宁：广西美术出版社，2010. 2

ISBN 978-7-80746-943-8

Ⅰ. 节… Ⅱ. ①陆…②熊… Ⅲ. 广告—宣传画—设计 Ⅳ. J524. 3

中国版本图书馆CIP数据核字（2010）第024980号

节日大营销 · 手绘POP—— 国际与法定节日篇

JIERI DAYINGXIAO ·SHOUHUI POP—— GUOJI YU FADING JIERIPIAN

主　　编：陆红阳　喻湘龙
编　　著：韦超现　周　婕　向阳西
出 版 人：蓝小星
终　　审：黄宗湖
图书策划：陈先卓
责任编辑：陈先卓
装帧设计：熊燕飞
校　　对：陈小英　尚永红
审　　读：陈宇虹
出版发行：广西美术出版社
地　　址：南宁市望园路9号
网　　址：www.gxfinearts.com
邮　　编：530022
制　　版：广西雅昌彩色印刷有限公司
印　　刷：广西民族印刷厂
版　　次：2010年4月第1版
印　　次：2010年4月第1次印刷
开　　本：12开
印　　张：10.5
书　　号：ISBN 978-7-80746-943-8 /J · 1191
定　　价：56.00元